# かくりよ調査委員会

## 神隠しの罠

日部星花

ポプラ文庫ピュアフル

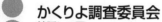

# 目次

調査報告書
付随資料十頁より

『十月十日
怪異《かいい》を、信じる？　呪いを、信じる？　神を、信じる？　妖《あやかし》を、信じる？

わたしは信じていなかった。

もう何もかもがわからないけど、とりあえず、今のわたしの思いを、ここに書く。

ここには紙と筆記用具くらいしかないから。誰に届くとも、誰が読むとも思えないけど、何かしていないとおかしくなってしまいそうだ。

ああもう、こうやって、誰かに宛てて書いていること自体が、自分が生きて帰れるってまだ思ってるというか、現実逃避している感じがして、イヤになる。浅ましい。

わたしたち三人がこの学校？　に閉じ込められて、さらに教室の中に閉じこもってから、三日（たぶん）が経った。今まではなんとかみんなの持ち物でしのいでたけど、水ももうそろそろなくなるし、食料もほとんどない。もうだめだと思う。たぶん助けも来れないよね。だってどう考えても変。ここはわたしたちの住んでる世界じゃない。

だって、あんな、あんな気持ち悪いやつ、見たことない。まだ、外にいる。怖い』

『十月十一日
タナちゃんも昨日から何もしゃべらない。水橋《みずはし》とはまだぽつぽつと話すけど、そろそろ限界。それはたぶん、わたしも。でも三人の中じゃ、わたしが一番元気だから、わたしが記録を残してる。いつか誰かが読むかもしれないし、何より、わたしが誰かに向けて話しているつもりになってないとおかしくなりそうだから。

でも、それより先に、あいつらに食べられて死ぬかもなー。今も外で扉を叩いてる。がんがん、音がしてる』

『十月十二日
水橋がしゃべらなくなった。タナちゃんも目を閉じたまま動かない。

あーあ。誰がはじめに『こっくりさん』やろうって言い始めたんだっけ。タナちゃんだったかな。いや、誰かに勧められたんだっけ？　先生がそういう遊びがあるって教えてくれたんだったっけな。

もう頭がぼんやりしてて覚えてないけど、まあなんにせよみんな乗り気だったんだよ。やばそうだって口では言ってるやつもいたけど、まあ、科学的に証明できる現象だっていう噂もあったし、みんな別に本気でやばいことが起きるとは思ってなかったんだ。

ひらがな五十音、はいといいえ、アルファベット、それから数字と鳥居、だったっけ。それらを書いた紙と、あと、十円玉を用意して、わたしたちは『こっくりさん』をはじめた。そして霊は降りてきた。誰が動かしてるのか知らないけど、と思いながらアレコレ質問して、楽しんで、気づいたらわたしたちは見たこともない学校に閉じ込められていた。

扉が開かなくて、窓が開かなくて。壊そうとしてもびくともしない。終始、壊れたみたいにスピーカーから童謡が繰り返し流れてきて。頭がおかしくなりそう。誰かに連絡をしたいけど、そもそもスマホを持ってなかった。中学にスマホ持っていったら没収だから。

こっくりさんはわたしとタナちゃんと水橋と青井《あおい》の四人でやってたのに、一人減って三人になってるし。青井は大丈夫かな。無事だといいけど。

窓の外の景色は真っ赤な夕焼けのまま変わらないし。もう何が何だか分からなくて、わたしとタナちゃんと水橋は三人で、水筒の水を飲んだり隠し持ってたチョコを食べてた。

おなかすいたよ。一昨日《おととい》から何も食べてない。水ももう完全にない。昨日飲みきっちゃったから。のどがかわいた。

あいつら、そろそろ、扉を破るかも。もうおしまいかな』

『十月十三日
たすけてよだれか。たすけてよ。怖いよ。死ぬのは怖い。

まだ大丈夫、まだ生きてる。わかってる。でも怖い。助けなんか来ないから。霊はいるんだから、こんなことになってるんだから、たぶん神様もいるんだろう。でも神様はわたしたちなんかを助けてくれない。

でも考えるのもつかれた。だるい。のどがかわいた。

やっぱり眠いな。でも寝たくないな。寝て、それで、もう目が覚めないかもしれない。

怖い。でも、苦しんで死ぬよりはその方がマシなのかな。

やめよう。こんなこと考えるの。

ちょっとつかれたからやすみたい。でも寝たらだめだから、起きてなきゃ』

『十月十四日
あいつらがくる』

発見日：20XX年XX月XX日
発見地点：Z－253
種別：異界型怪異
隔世《かくりよ》形態：学校
状態：封鎖作業中
備考：テストの裏紙らしきものに記載された文章。記した遭難者は発見できず。

－隔世調査委員会第三支部－

# 第一章

# ひとりかくれんぼ

血のように赤い夕焼けには、昔から因縁《いんねん》があった。

いつか会った子どもが言った。夕焼け空の下、泣きながら「夜が怖い、帰りたくない」と。蹲《うずくま》るあの子に、一体何を返したのか。もう覚えてはいない。

——そして、今でもまだ、夢に見る。

窓に映る血のような空の色と、無人の教室の恐ろしさ。

1

「ああ、ええと……あなた。ちょっと今いい？」

声をかけてきたのは、やや年上の、びしっとスーツ姿が決まっている女性だった。

ああ、隣の係の係長だ、と頭が判断するよりも先に、ずっしりと重たい紙束を渡される。

「この資料コピーしておいて。次の会議で必要なの」

「あ、はい。わかりました」

よろしくね、と残し、彼女が颯爽《さっそう》と去るのを見送りながら、わたしはふう、とため息をつく。——あなた、か。わたしの名前、覚えてないんだな。

（まあ、別にいいんだけど）

わたしは紙束を抱えて業務用のコピー機の前に立ち、指定された人数分の資料をコピーしはじめる。

――霞が関《かすみせき》の近くにあるメーカーの細かな事務。それが営業部庶務《しょむ》課の派遣社員であるわたし、近澤朝陽《ちかさわあさひ》の仕事だ。

事務と一言で言っても、二十代で係長になるような総合職採用の人のする事務仕事と、わたしの仕事はまったく違う。あくまで正社員のサポートをする派遣社員のやることといえば掃除や、コピーや会議室の予約などの雑用だ。

「それ終わったらシュレッダーのごみ捨て行ってきてもらってもいい？」

「はい」

どれもこれも、これといったやりがいはないが、そのぶん責任も負わなくていい仕事。

ここの正社員たちは、わたしのような派遣社員とは心理的な距離がある。だからこそ深い付き合いもしなくていい。……とても楽だ。

「コピーしたもの、ここに置いておきますね」

さきほどの彼女に声を掛ければ、何やら同僚と話し合いの最中だった。忙しそうにしている彼女は、それでも横顔がいきいきしている。

聞こえていないようだったので、念のためもう一度あの、と声を掛けると、「悪いけど、後にしてもらってもいい？」と彼女はこちらを振り向かずに言った。「今ちょっと忙しいの」

「……失礼しました」

さすがは正社員。忙しそうだな、と思いながら、わたしはさっさとシュレッダーへ向かう。

わたしは、別に、仕事も人生も楽しくなくていい。平和であれば。

本気で仕事に打ち込むのも、いろいろな意味でわたしにはできない。人とかかわるのも最低限でいい。なぜなら――。

「――きゃあっ」

シュレッダーのごみ捨てから帰ってきたところで、女性の悲鳴が聞こえた。思わず、びくっと肩を強張《こわば》らせる。

「痛ったあ……」

「やだ、係長！　血が滲《にじ》んでるじゃないですか」

「救急箱持ってきます」

話し合いに熱中していた社員が、わたしに仕事を頼んだ女性係長を囲んで慌てている。

どうやら、棚から重たいファイルが落ちてきて、その角が彼女の足の甲に激突したらしい。

ブランドものらしい白い靴を、傷から滲みだした血がじわじわと伝っていく。

「……最悪。汚れちゃった」

「係長……その靴、確か彼からのプレゼントだって」

それを耳にし、わたしはショックでその場に立ち尽くした。

(仕事、頼むって話しかけられただけなのに)

ほんの僅《わず》かだった。彼女と言葉を交わしたのは、たった二、三言だ。だというのに。

わたしはぐ、と拳を固く握り込んだ。周りが――特に若い社員たちが――わたしを見て気味悪そうにひそひそと話しているのがわかる。

いつもだ。いつも、わたしが誰かとかかわると、その人がろくでもない目に遭う。

『近澤朝陽は不幸を呼ぶ』。

それが、中学生の頃から囁《ささや》かれ続けている、わたしの『噂』だ。

◆

その噂が流れ出したのは十年前。わたしが中学生の時からだ。

噂の原因はとある事件に巻き込まれたことにある。中学生の集団失踪《しっそう》事件。行方《ゆくえ》不明になった三人の中学生、彼らと最後まで一緒にいたのがわたしだったのだ。

巻き込まれた他の被害者は未だ行方知れずなのに、近澤朝陽だけが助かったために、「事件が起きたのは近澤朝陽のせいなのではないか」という噂が立った。

それだけならば噂もすぐに終息しただろう。が、そこからが問題だった。

二人で遊びに行った友人がその数日後に交通事故に遭った。

久々に会って、ご飯を一緒に食べた小学校時代の親友が、それからまもなく階段から落ちて顎《あご》の骨を折った。

長話をしていた仲良しの後輩が、次の日唐突に体調を崩し、部活の大切な大会を欠場せざるを得なくなった。

そんなことが立て続けに起きたものだから、みんなわたしを気味悪がり、そしてわたし自身も自分が気味が悪くてしかたなくなって、気づけば『近澤朝陽は不幸を呼ぶ』という噂が、定着してしまっていた。

以来、わたしは周囲に遠巻きにされるようになった。

——今思えば、周りの人間に不幸が起きることは中学に入学する以前にもあった。

小学校でもわたしと仲のいい子は、よく怪我《けが》をしたり、事故に遭ったりした。噂が広まる下地《したじ》ができていたからこそ、あれほど『不幸逸話《いつわ》』が有名になったのだと思う。

唯一の味方だった母も、義父がわたしの引き寄せる不幸を気味悪がって出て行ったショックと、今までの苦労がたたったのだろう、ある日突然倒れて、そのまま亡くなった。

高校の学費は母が貯金してくれていたのでなんとかなったが、大学は奨学金で行った。

学校でも、家でも、一人。居場所がなかった。生活費を出してくれた親戚はいたが、わたしのことを気味悪がって近づきたがらない。……無理もない。わたしでさえ、わたしのことを不気味に感じるのだ。

もしかしたら母も、わたしの『不幸を呼ぶ体質』のせいで死んだのかもしれない。

そう思ったらもう、人とかかわることが怖くなった。

コミュニケーションは最低限でいい。ずっと引き籠《こ》もりのわけにもいかないし、話をする知人くらいはいる。ご近所付き合いも必要だから、よく会うアパートの隣人《りんじん》ともあいさつと多少の雑談くらいはするし、上司や同僚ともある程度の愛想《あいそ》をもって会話はする。

だが、必要以上に親しい友人は作らない。
そうすれば——わたしも、周りも少しは平和でいられるから。

◈

終業のベルが鳴って、わたしはパソコンの電源を落とす。

（終わった……）

ふう、と伸びをする。デスクに置いたペットボトルの水を飲んで、一息ついた。

うちの会社は営業部に特に多忙な人が多いが——どうやら一部の課はめちゃくちゃ忙しく、課の社員のほとんどが出張中でデスクにいないなんてこともあるらしい。営業部庶務課は今の時期そこまで忙しくもないので、今日は残業もない。

「あー、やっと終わったっ。花金《はなきん》を定時で帰れるとか天国か？」

「なあ、この後飲み行かない？　いい店見つけてさあ」

「お前、この前みたいに吐いたりするなよみっともないから」

ふと顔を上げれば、同年代の社員が明るい声を上げながら、スマホで飲みに行く店を検討している。近くにいた課長に「羽目《はめ》を外しすぎないでくれよー」と笑いながら声を掛けられていた。

出世が望まれる正社員。かっちりしすぎているでもなく、華やかで、上司ともうまくやっていそうで――。

「……まぶしいなあ」

彼らは自分のせいで誰かが不幸になるかもしれないと、怯《おび》えたことなどないのだろう。

わたしは所在なくスマホを取り出した。最近買った格安のスマホだ。仕事には就《つ》けていても奨学金の返済と家賃があるし、多少は節約しないと途端に生活できなくなってしまう。親類縁者も頼れない。正直、生活は厳しい。

ため息をついたところで、どん、と誰かの身体がわたしの椅子《いす》に当たった。手からスマホが零《こぼ》れ落ちる。

スマホは音を立てて床に落ちると、一回跳ねて誰かの足にぶつかった。

「あ、悪い――」

そう言った同僚の表情が固まった。わたしの顔を認めたその目が、はっきり「やばい」と言っているのがわかった。それからさっと目を逸《そ》らされる。

(隣の係の……)

二年目だか三年目だかの若手社員で、いつも何人かで一緒にいる華やかなグループの人。

確か名前が……なんだったっけ。

「やだちょっと龍一《りゅういち》、なにしてんの」

「いや、だって」

同期らしき女性に背中をはたかれ、ぶつかって固まった男性――そうだ、相楽《さがら》龍一さんだ――が顔色を悪くしてこちらを窺《うかが》ってくる。

わたしは床に落ちたままのスマホを一瞥《いちべつ》し、「気にしないでください」と笑顔を作る。

……まあ、怯えられるのも無理ないか。これまでも、わたしとかかわった同僚が、不自然な状況で怪我をしたり、唐突に体調を崩したりすることが何度もあったから。

直近では、先ほどのファイル落下。それから、業務の都合上わたしと昼食を摂ることになった派遣社員の同僚が、階段から滑り落ちて捻挫をした。足がひどく腫れてしまい、全治一週間。最悪だったのは、その怪我をしたのが、彼との結婚式の前日だったこと。

それで、同じ時期に入った派遣社員や、かかわりが多い同年代の正社員は、わたしのことを気味悪がる傾向にあった。まあ無理もない。

「えーと、すみません。スマホ」

申し訳なさそうにしながらも、相楽さんは頑《かたく》なに目を合わせようとしないし、スマホを拾おうと動こうともしない。まるでわたしのスマホに触りたくないとでもいうかのようだ。

仕方がないのでわたしは「いえ、大丈夫ですから」と愛想笑いを浮かべ、スマホを拾うために立ち上がる。ガタリと椅子を鳴らしたところで相楽さんが「うわっ」と小さく言いながら僅かに仰け反ったのがわかった。

（……そんな怖がらなくても、取って食ったりしないのに）

わかってはいる。仕方がないことだって。

でも、こうあからさまにされると、さすがに少しだけこたえるものがある。

「おっと。あぶね、踏むところだった」

すると、あっけらかんとした声が響いて。

拾おうと伸ばしたわたしの手よりも先に、他の手がさっとわたしのスマホを取り上げた。

「これ、近澤さんのでしょ？」

顔を上げる。

わたしより先にスマホを拾い上げたのは、スラッとした長身の男性だった。

「あ、えっと」

瀬戸《せと》内詩矢《うちうたや》――若手社員の間で、有名なイケメンだ。所属は確か、例のめちゃくちゃ多忙な課だったはずである。

(間近では初めて見るなあ)

確かに顔立ちが整っている。それもここが学校なら、スクールカーストのトップに居座るタイプの華やかなイケメン。

派手すぎない程度に茶色に染めた髪に、耳のピアス。入社当初から上層部の期待が大きく、噂通りに優秀であるという評判が隣の課から常に聞こえてくる。その経歴も華々しく、学生時代は陸上競技で何度も表彰されたことがあるらしい。

うちは業績こそ優良とはいえ大きな会社というわけでもないので、もっと大きな会社に勤められたのでは、という話をする上司もいるほどだ。

「……どうかした？　そんなにじっと見られるとさすがに照れるんだけど」

「あ、ごめんなさい。スマホ、ありがとうございます」

「いーえー。というかさ、そんな畏《かしこ》まらないでいいって。確か近澤さんって俺と同い年でしょ。別に俺上司じゃないんだし」

はい、と言って、瀬戸内さんはごく自然な動作でスマホを差し出してくる。

もう一度ありがとうございます、と言って受け取りながら、わたしは変わらない笑みを浮かべる瀬戸内さんを見た。

……珍しい。

どうしたって、同年代はわたしと話す時は多少なりともぎこちない感じになるのに。

わたしの噂を知る人は、わたしと目を合わせたがらないから——。

半《なか》ばぼんやりと瀬戸内さんを見つめたままでいたところで、彼が不意に「あ」と声を上げた。

「そうだ。いきなりだけど近澤さんってこの後時間ある？」

「え？」

本当に唐突な問いで面食らう。が、わたしはなぜか反射的に頷《うなず》いていた。「はい、まあ」

「あ、そう？」

よかった、と言った瀬戸内さんは、相楽さんたちに先に帰っててと伝えると、わたしに向き直った。「じゃ、ちょっと来てくれる？」

妙に優雅な身のこなしでこっち、と手招きされたので、何が何だかわからないままついいていく。

そして人気《ひとけ》のない給湯室までわたしを連れてくると、「ごめんごめん」と言って軽く笑った。

「ちょっとさー、頼みごとっていうか、協力してほしいことがあるんだけど。人目のある所じゃ言いにくくてさ」

「頼みごと、ですか……？」

予想外の言葉に目を丸くする。

頼みごと？　初対面の、しかも、わたしに？

「そう。ねえ近澤さん、探偵っぽい仕事って興味ない？」

こちらの戸惑いを意にも介さず、瀬戸内さんがずいと一歩前に出た。

「探偵っぽい仕事？」

「そうそう！　報酬を何にするかは応相談だけど」

「はあ、それは誰かを追うとか、調べるとか……そういう感じのってことですか」

「そうなるかな。俺、とある人のことを調べてるんだけど、よく知らない探偵とかは雇いたくないし。だから近澤さんに協力をお願いできないかなって」

なぜかあざとい感じの上目づかいでそう聞いてくる瀬戸内さん。

やはり意味がわからない。

「あの……。話が見えてこないし、そもそもどうしてわたしなんです。同期の方々に頼めばいいのでは？　わたしには瀬戸内さんのお役に立てるようなスキルはないと思います」

「そうかな。仕事にそつがないし、ミスもない。……それに俺、前から近澤さんと話してみたかったんだよね。だからちょうどいいと思ったんだけど」

笑いかけられて、思わずぽかん、とした。

「そう、なんですか」

前から話してみたかった、というのは社交辞令にしても、だ。

仕事にそつがない、と言われたことには、じわじわと喜びが胸に滲んでいくようだった。

誰かに直接褒められたのは、何年振りだろう。

「……まあ、やろうと思えば、ご協力できないこともないと思うんですが」

初対面のわたしに頼みごとというのも不思議だし、まだ話は見えてこないが、どうせ仕事以外の時間は暇だ。調べものくらいならなんてことはない。

「ただ……怖くはないんですか？」

「ん？　何が」

「正直わたしも思ってるんです、自分自身のことが気味悪いって。昔から、親しくしてる人が、こう、あんまりよくない目に遭うことがあって。この職場に来てからも事故が頻発してるでしょう。だから、わたしを怖く思ったりはしないのかな、って」

「別に？」

即答だった。思わず顔を上げる。

躊躇《ためら》いもせず言い切った瀬戸内さんを、ぽかんと見た。

「怖くないよ、全然」

真剣な声。表情は、口元こそ笑っていたが、こちらを見る目はどこまでも真剣だった。

厳しささえ滲むような眼差しに、わたしが僅かに怯《ひる》んだところで「あ、もしかして噂のこと気にしてる？」と彼は明るく言った。

「噂気にするやつもいるみたいだけど、俺はそういうの気にしないから」

「そう、ですか」

「そう。というかさ、近澤さんがかかわってないところで誰かがよくない目に遭ったとして、その責任を近澤さんが感じるのは変じゃない？」

――俺はそう思うけど、近澤さんが気にしてるのはそれだけ？

そう言い、瀬戸内さんがずいと顔を近づけてくる。

整った顔が間近に存在する――その圧に負け、わたしは思わず「いえ」と首を横に振っていた。

瞬間、彼の顔がぱっと明るくなる。

「そっか。なら、さっそく今日って空いてる？　詳しい話がしたいんだけど。いいかな」

## 2

夜の駅前って、こんなに混むものなんだ……。

わたしは連れてこられたお店のカウンターで、メニューを見上げながらぼんやりと考える。

午後七時すぎ、ややお高めの居酒屋は、仕事終わりのサラリーマンで賑《にぎ》わっている。居酒屋といっても騒がしすぎることもなく、落ち着いた内装と穏やかな灯りで、バーのような雰囲気も漂っていた。

いや、そんなことはどうでもいい。

わたしはおそるおそる、横に座る人の横顔に視線を向ける。

「近澤さんは何にする？」

「ええと、じゃあ、アイスコーヒーで」

なんとなくソフトドリンクを頼むと、「居酒屋でコーヒー？　変わってるね」と瀬戸内さんが笑った。

……まさか、わたしが人とお酒を飲む日が来るなんて。しかも瀬戸内さんみたいな、周りにしごでき陽キャのキラキラをまき散らしているエリートと二人で。

まあもちろんこれはデートでもなんでもなく、頼みごととやらの説明のためだが。

「それでさっそく、頼みごと……バイトの話なんだけど」

「あ、はい」

頷くと、彼はおもむろに鞄《かばん》から何かを取り出した。そしてそれをテーブルの、私の目の前に置く。

それは一枚の写真だった。写っているのは横を向いた女性。

「……え、この人」

「お。もしかして近澤さん、知り合い？」

「ええと、まあ」

少し目を見開いてこちらを見てくる瀬戸内さんに、首を縦に振る。

その女性は、アパートの隣人だった。名前は谷塚《たにづか》美萩《みはぎ》さん。たしか博士課程の大学院生だったはず。

どうして彼が、彼女の写真を持っているんだろう。

「あの、わたしに頼みたいことって、探偵みたいなことって言ってました、よね？　もしかして、谷塚さんを調べるとか、そういう感じのことなんですか」

「鋭いね」

やっぱり。わたしは写真を見下ろすと、眉間《みけん》に皺《しわ》を寄せる。

横を向いている谷塚さんが、カメラに気づいている様子はない。

この写真、盗撮だ。どうして瀬戸内さんが谷塚さんの盗撮写真を持っているのだろう。

「……これを撮ったの、瀬戸内さんなんですか？」

「ううん、知り合い。谷塚さんの彼氏」

「彼氏？」

「そ。彼女、浮気してるみたいなんだって。切り取ってあるけど、この隣には男の人が写ってたんだよ」

　確かに、写真の中の彼女の目線からして、その隣には誰かがいそうだ。

　だが、谷塚さんが浮気、か。

　わたしと谷塚さんの関係は近所付き合いの範囲内だ。詳しい人間関係は知らない。そのため彼女が浮気をするとは思えない、とは言えない。

　だが同じアパートに住んでいて、何度か顔を合わせているが、彼氏がいるだなんてことは聞いたことがないし、彼氏らしき人を見かけたこともなかった。

　果たして彼の知り合いとやらは、本当に谷塚さんの彼氏なんだろうか。

「近澤さんが知り合いならちょうどいいし……あ！　もちろん、俺の知り合いはストーカーとかじゃないからね。そこはちゃんと確認取ってるから、大丈夫」

「そ」見透かされた、と思い、少し慌てる。「そうですか……」

「といっても、彼女の知り合いだったら、彼女のほうを信じたいよな。だから、俺の知り合いのことは完全に信じてくれなくていいよ。それで、近澤さんが谷塚さんを調べるのは、彼女の無実を証明するため、って感じでさ」

──なあ、どうかな。

そう言って、彼はわたしを真っ直ぐに見る。

頼む体《てい》であるはずなのに、妙に有無を言わせない瞳だった。これ以上目を見ていると頷いてしまいそうで、わたしは慌てて視線を逸らす。「ええと、前向きに検討しますので……」

「恩に着るよ、ありがとう！　必ずお礼はするからさ」

「え」

食い気味のセリフに目を丸くした。なんだか勝手に引き受ける感じにされている──？

（えええ……）

こんな空気にされたら「検討の結果、やっぱりやめます」とは言えないじゃないか。

契約成立、とばかりにわたしの手を取った瀬戸内さんは、何を考えているのかわからない笑みを浮かべている。……まさかわざとそう仕向けたのか？

わたしは自分の手に触れている彼の手を力なく見下ろす。……大きな手だ、と思った。

それにわたしとは違って骨ばっている。

と、そこで不意に、怪訝《けげん》な気持ちがわきおこる。

（あれ……？）

──瀬戸内さんの手って、もう少し、小さくなかった？

「近澤さん？　大丈夫？　固まっちゃってるけど」

「あ、いえ。その」

不思議そうにこちらを覗き込んでくる彼を見て、あわてて首を振る。

……どうして、彼の手はもう少し小さかった気がする——だなんて思ったんだろう。

わたしは、今まで瀬戸内さんの手に触ったことなどない。そもそもまともに会話をしたのも、今日が初めてだ。一体何と比べて、小さかったなどと考えたんだ？

それに、果たしてありうるだろうか。たまたま瀬戸内さんが調べたいと考えている人が、たまたまわたしの隣人だ、なんてことが。

前からわたしと話してみたいと思っていた、とも言っていたけど、それもなぜ？

彼にはあんなに友達がいるのに、どうしてあえてわたしに頼みごとをした？　仕事にそつがないからと言っていたけど、もっとそつなく仕事をする人は他にもいるはずだ。

褒め言葉一つでのせられた自分自身に呆れるほど、不審な点が多い。

（なんなんだ、本当に……）

3

とはいえ。

頼まれて、引き受けたからにはやらなくてはならない。お礼をするとまで言われてしまったし。それに、

『怖くないよ』

瀬戸内さんだって、わたしの周りで起きる不幸を知っているはずなのに——はっきりそう言ってくれた。だから、彼の役に立ちたい、とそう思ってしまったのも確かだ。

(けど、どうやって谷塚さんを調べよう)

隣人ではあるが、わたしは彼女のことをほとんど知らない。

近くの大学院の博士課程に在籍しているということは知っているが、大学名は知らない。出身地も知らない。数か月前に隣同士になって、年が近いことから顔を合わせたら話すようになった、それだけだ。当然家の行き来もない。

「あ、嘘。一回だけあったかも」

二週間前くらいに、旅行のお土産《みやげ》だって、お菓子を持ってきてくれたんだっけ。それも、かなり値の張るお菓子のお土産を。

それのお返しにと言えば、お土産やお菓子を届けにいって、家に訪れるのも変ではない、かもしれない。家に入ることさえできれば、情報も集めやすいだろう。

(一緒にお茶を飲むだけなら、セーフのはず)

お菓子をもらってわたしの家でお茶を飲んだ後も、特に彼女に不審なところはなかったし。

恩を仇《あだ》で返すようで気が引けるが、彼女は浮気をしていない、という証明もできるかもしれないのだ。

よし、と意気込むと、わたしは財布をつかんで家を出た。手土産になるお菓子を買いに行かなければ。

◈

谷塚、というプレートがかけられたドアのインターホンを押す。

ほどなくして「はーい」という返事があり、ドアが開いた。

「こんにちは。すみません、突然伺ってしまって」

「あらぁ、朝陽ちゃん。いえいえ、気にしないで。今日は何か用事？」

「あ、はい。今日はその、お礼をしようと思って。以前お土産をくれたの、お返ししてなかったですよね」

そう言い、わたしは持ってきた手土産を谷塚さんに手渡した。

彼女は「お土産なんだし、気にしなくて良かったのに」と申し訳なさそうにしながら箱を見て、それから目を輝かせた。

「わあ。駅前のパティスリーのシュークリームだ」

「えっと、知人が美味しいって言ってたので。よろしければ」

ちなみに知人とは瀬戸内さんのことである。わたしの意図を説明したら、たちどころにそれらしいお返しギフトが売られているおすすめのお店を教えてくれた。

「あっ！　ねえ、よければこれ、今一緒に食べない？　三つも入ってるし」

「えっ？　いえ、谷塚さんに買ったものですから、わたしが食べるというのは」

頭をかくと、「そんなこと言わず上がっていって」と谷塚さんが微笑《ほほえ》んだ。

「わたし、一人暮らしだからどうせ食べるのも一人だし。せっかく美味しいお菓子貰ったんだから、誰かと食べた方が美味しいと思って……どうかな？」

「そうですか。それなら」

いただいていきます、と言う。谷塚さんがよかった、と笑った。

正直なところ、こう言ってもらえるのを期待していたところもあった。一人暮らしの家に生菓子を多めに買っていけば、一緒に食べようと言われる可能性があるかも、と。

これで、少しは話をする機会ができた。彼女が『不幸』にならないかだけが心配だが。

「あ、そうだ。わたしも最近またちょっと出かけて。お土産があるの。これ」

かわいくない？　と言って、谷塚さんが手のひらサイズのクマのぬいぐるみを差し出す。キーホルダーにできるチェーンつきのぬいぐるみ。置物としても、キーホルダーとしても使えそうだ。

「かわいい……」

「でしょ？　よかったらもらってほしいんだけど」

「えっ!?　でもあの、お土産のお礼に伺ったのに、なんかまたいただいちゃって」

しかも、こっちは手土産を理由に上がり込んで探偵行為なんてしてるし。なんだかいろいろと申し訳なくなってくる。

「全然。朝陽ちゃんにって思って買ったものだし。ああそうだ、紅茶を淹れてくるね」

「何から何まですみません」

谷塚さんがいえいえ、と笑ってキッチンへ向かっていく。

わたしはローテーブルの前に座り、辺《あた》りを見回した。

（なんか、意外に殺風景な部屋だ）

わたしの部屋もたいがいだとは思うが、谷塚さんの部屋は、本人の温かい印象とは違い、ひどくシンプルで寂しい。

家具はベッドとローテーブルくらい。大学院生のはずだが、本もなければパソコンもない。研究は大学でやっているんだろうか。

浮気の証拠どころか、彼氏との写真の一枚すらないし、飾れる場所もなさそうである。

やっぱり、瀬戸内さんの知人が嘘をついているんだろうか。瀬戸内さんは知人に騙されていて、実はその人が谷塚さんのストーカーだとか？

あるいは瀬戸内さんがわたしを騙そうとしている？　いやまさかな。メリットがない。

——そこまで考えた時、谷塚さんがキッチンから部屋にやってくる。

「紅茶が入りましたよー」

「あ、ありがとうございます」

なんにせよ、もう少し、どうして谷塚さんを調べたいのか、聞いてみよう。瀬戸内さんの知人という方の話を詳しく聞ければ、もっと何かわかるかもしれない。

（というか、そもそもどうして「聞こう」って思わなかったんだろう）

引き受ける前に、そのくらい詳しく聞いておくべきだったんじゃないのか。

なんか……なんだろう。

よくない予感がする。

◈

『――それで、わかったことは特に何もないの？』

「まあ……そうなります。すみません」

帰宅後、電話の相手、瀬戸内さんにわたしは歯切れ悪く答える。

まあ、もう少しまともな会話ができれば、何か摑めたかもしれないが。コミュニケーション能力が来い。

『いやいや。まだ始まったばっかりだしな、全然気にしないでいいよ』

「はあ、どうも」

というか、もっと他に頼める人がいただろうに。面倒くさい頼みごとだって、星の数ほどいるであろう彼に好意がある女性に頼めば、二つ返事だったはずだ。

もしかして、谷塚さんとわたしが知り合いだって知ってたから、とか？

でもそれなら、どうしてそれを黙っていたりしたんだろう――。

『じゃあ、浮気に直結しそうなこと以外で何か気づいたことはあったりする？　なんか谷塚さんがおかしなことをしてたところを見たとか』

「おかしなこと？　いえ、それは別に……ただ気になっていたことはあります。やっぱり彼女、付き合っている男性がいるようには思えませんでした。ですから、瀬戸内さんの知人という方の話を、もっと――」

ふつっ。

わたしの話を遮《さえぎ》るようなタイミングで、部屋の電気が落ちた。

「えっ……」

停電？

手探りで自室の灯りのスイッチを見つけ、オンオフを切り替えてみても、照明が戻る様子はない。あるいは、ブレーカーが落ちたか。

見てこよう、と腰を上げ、わたしは手にしたスマホを耳に当て、

「すみません、一回切りますね。いきなり停電になったみたいで……瀬戸内さん？」

スマホの通話がいつの間にか切れていることに気がついた。

会話が終了したと思って、彼が切ってしまったのか――そう考えて眉を寄せたわたしは、画面を見て目を丸くする。

「――圏外？」

スマホの右上、電波の様子を表示するアイコンの横には。

間違いなく、圏外の二文字が浮かんでいた。

## 4

何が、起きた。

ここは電波が悪い土地ではない。いきなり圏外になるなど、どう考えてもおかしい。

そして、突然の停電。時間が経っても目が慣れない闇。

ぞくり、と背筋に悪寒《おかん》が走る。なぜだか嫌な予感がした。

「と、とにかくブレーカーを見に行かないと……」

自分に言い聞かせるようにしてそう呟き、部屋にあった電化製品のコンセントをいくつか抜いた。そして恐る恐る部屋のドアのノブに手をかける。回すと存外簡単にドアは開き、ホッと息をついた。

「やっぱり、ここの電気もついてないかあ」

玄関脇に辿り着き、手探りでブレーカーを見つけ出す。

しかしブレーカーを上げ直しても、灯りがつく気配はなかった。

「どういうこと……？」

首を捻《ひね》ったその時だった。

——かたん。

確かに、すぐ隣の洗面所のほうから物音がした。もう一度、二度。かたん。かたん。

「は……？」

わたしは呆然《ぼうぜん》として立ち竦《すく》む。——間違いない。誰かいる。気配がする。

おかしい。どういうことだ。この家にはわたし一人しかいないはず。それなのに、洗面所から音がするなどありえない。

「まさか、泥棒？」

呟いて、ゾッとした。ピッキングで入られたとか？

一一〇番をしようとして手に取ったままのスマホの画面を見て、圏外になっていたことを思い出す。

一度外に出てみるか。

そう思って、玄関の扉に近づき——わたしは、かかったままの鍵を開けた。

「……ん？」

一瞬違和感を覚えたが、特に気に留めず玄関扉を押し開こうとした。だが。

——玄関扉は、開かなかった。

「え！　なんで」

息を呑み、ガチャガチャと音を立てながら乱暴に扉の取っ手を揺する。

どうして？　どうして開かないの。

鍵は締まっていない。扉の立て付けが悪い訳でもない。それなのに、なんで。

そこまで考えて、ようやくわたしは今さっきの自分の行動の異常さに気がつき、血の気が引いた。

――ピッキングで家に侵入したならば、鍵は開いたままのはずだ。

絶対とは言えない。侵入した窃盗犯が鍵を締めた可能性もゼロ、とは言えない。

だが窃盗に入った人間が果たして、開けた鍵をわざわざ締めるだろうか。

というか、泥棒が、そもそも洗面所に入ったりするか？

「っ」

嫌な予感が再び背中を駆け抜け、次の瞬間、わたしは走り出していた。

何かに急かされるように部屋に飛び込み、廊下とリビングの間のドアを閉め、その場にへたり込む。

――ガラガラ。

ぺた、ぺた。

「ひっ!?」

瞬間、物音が聞こえた。はじめの音は、おそらく洗面所の引き戸が開く音。そして次のぺたぺたという音は、足音だろうか。まさか窃盗犯が、こっちに来る？

いや、これは、大人の足音じゃない。もっと軽いものが移動する音だ。

軽いもの、……軽いもの？

子ども？　そんなはずがない。泥棒よりもさらにありえない。

なら、なんの足音？

「この音、気のせいじゃ、ないよね……」

痛いくらいに心臓が鼓動を速める。嫌な予感が、脂汗が止まらない。

なんなんだ、この音は。なんなんだ。

——ぺた、ぺた、ぺた。

——ぺた、ぺた、ぺた。

少しずつ、音が大きくなってきている。誰かが、否、『何か』が近づいてきているということだ。

どうしよう。どうしよう。どうしよう！

「やだっ」

嫌な過去の記憶が、十年前の記憶が蘇《よみがえ》る。

ありえない。わたしは何もしていない——あの時とは違って。

わたしは震えながらも、部屋のベッドを押してずらした。ドアの前まで押していき、バリケードの代わりにする。

その、次の瞬間だった。

――どん。

部屋のドアが、叩かれた。力強く。

「……！」

ひゅっ、と息を呑み、声を上げそうになる口を両手で塞ぐ。

今、間違いなく聞こえた。空耳《そらみみ》ではない、確かな音。

『何か』がわたしの部屋に入ってこようとしている。

――どん。どん。どん。

人間じゃない。もっと背の低い『何か』だ。現にドアの下の方から音がする。

ドアを叩く、否、殴るような音のリズムは徐々に速くなっていっている。

みしり、と蝶番《ちょうつがい》かドアそのものが軋《きし》む音がした。

「入ってくるな、入ってくるな、入ってくるな……っ」

どうすればいい？　どうすればいいどうすればいいどうすればいい。

いっそのこと、窓から逃げてしまおうか。二階だし、飛び降りても、頭から落ちない限り死にはしないだろう。そう思って窓に飛びつく。

が、やはりあの玄関扉のように、糊付《のりづ》けでもされているかのようにびくともしない。

「うそっ、なんで……、『ドン！』ひっ」

――ドン！　ドン！　ドン！　ドン！　ドン！

嫌だ。怖い。腋の下も背中も汗でびっしょりだった。

寒気が全身を支配している。

（いや、誰か）

窓に駆け寄る。「出して」と叫びながら開かない窓をどんどんと叩く。

何が起こってる。どうしてこんな目に。

歯をガチガチと言わせながら、わたしは耳を塞いで俯《うつむ》いた。このままじゃ――。

「――近澤さん！」

聞こえるはずのない声がかすかに聞こえ、わたしははっとする。「近澤さん！」耳から手を離せば、今度ははっきりと聞こえた。

そんなまさか。どうして彼の声が。

おそるおそる顔を上げ、仰天した。なんと瀬戸内詩矢が、すぐ隣のマンションの、五階のベランダに立っていたからだ。

彼は隣のマンションに住んでいたのか。いや違う。以前一緒に帰ったが、最寄り駅が違ったはずだ。ではどうして。

「ああよかった、いたいた。気配読みなんて久しぶりだけど、なんとかなるもんだね」

「は……え……？」

何か呟いたようだが、さすがに聞こえない。

だが、次の言葉ははっきりと聞こえた。

「大丈夫。今助ける」

に、と快活に笑って。

彼はその、五階のベランダから――こちらに向かって飛び降りた。

「はあ!?」

恐怖も忘れて叫ぶが、彼はなんと、危なげない様子でわたしの家のベランダに着地した。

……嘘でしょ。

隣とはいえ、アパートとマンションの距離はかなりあったはずだ。いくら学生時代スポーツ万能だったからといって、五階から二階に飛び降りて平然としているだなんてことが――。

「近澤さん、離れて。ガラスから。今開けるからさ」

「え、あの……はい――わっ!?」

呆然としたまま窓から離れると、その刹那《せつな》、蜘蛛《くも》の巣状にひび割れた窓が砕け散った。

そして、悠揚《ゆうよう》迫らぬ態度で、瀬戸内さんが中に入ってくる。「お邪魔しますー」

――意味がわからなかった。

彼が叩き割ったのか。だが窓ガラスは粉々で、ハンマーで叩いても破片がこうも細かくはならないだろう。そもそも彼は手にそんなものは持っていない。

(いや、何か持ってる?)

あれは紙、だろうか。細長くて白い――御札?

「大丈夫近澤さん? 怪我ない?」

「は……ま、まあ」

「よかったよかった。積極的に巻き込んどいてなんだけど、怪我はさせるつもりなかったから」

そう言って笑みを深めると、彼は未だ叩かれ続ける部屋のドアまで歩いていく。

そしてバリケードの代わりにしていたベッドをあっさりと――しかも片手で――元の位置に戻すと、背負っていた小さめのリュックから二五〇ミリリットルのペットボトルを取り出し、中の液体を口に含んだ。

そしてドアノブに手をかける。

「ちょ、瀬戸内さん！」

彼はわたしの制止の声を聞かず、一片の躊躇《ちゅうちょ》も見せずに、ドアを開け放つ。

そして。

「え」

――そこには、洗面台の棚に飾ってあったはずの、クマのぬいぐるみが立っていた。

「な」

なんでここに、と目を見開き、そう零したのとまったく同時に。

瀬戸内さんが口に含んでいた液体をクマのぬいぐるみに勢いよく吹きかけた。

「せっ……瀬戸内さん、何して」

彼は答えず、液体を吹きかけたクマのぬいぐるみを指さして、言った。

「『お前の負け。お前の負け。お前の負け』」

——途端。

部屋の灯りが元に戻った。慌ててスマホを見てみると、圏外となっていた電波も復活している。さらには、つい先ほどまで渦巻いていた嫌な空気も、完全に消え失せていた。

「せ……瀬戸内さん、今、何を」

「しょっぱ……、塩水ぶっかけただけだよ。あれ止めるにはそうするのが最善だから」

「塩水……」

口に含んだ液体を吹きかけられ、びしょ濡れになったクマのぬいぐるみと床を見る。

ペットボトルの中の液体、あれは塩水だったのか。

いや、それより——。

「あのクマのぬいぐるみは、なんなんですか。あれ、谷塚さんについさっきいただいたお土産なんですが」

「あー、うん。あれは言っちゃえば呪いの人形みたいなものだね。今の騒動もそのせい」

呪い。

あまりにも聞きなれない言葉に目を見開く。

謎の物音、開かない玄関、圏外のスマホ、移動しているぬいぐるみ。普段なら呪いなんて信じられないと思うかもしれないが、ここまでくればさすがに信じざるを得ない。

——それにわたしは。

この世には人の手には負えない『何か』がいることも、ずっと前から知っている。

「でも、それが本当だとして、どうして谷塚さんが呪いの人形なんて持ってたんです？……彼女を調べてほしいって言い出したのは、本当に浮気調査のためなんですか」

わたしが谷塚さんを調べることになったのは、瀬戸内さん、正確には彼の知り合いという男が、彼女の浮気を疑ったからだ。……そして、谷塚さんの家から戻って間もなく、こんなことが起きた。とても偶然とは思えない。

「ああ、それな。ごめん、嘘。谷塚さんは浮気なんてしてないし、俺の知り合いが彼氏っていうのも方便《ほうべん》」

「やっぱり。どうしてそんな嘘」

「呪術師が近澤さんを狙っているらしいって、うちで調べていてわかったから」

は、と間抜けな声が口から漏れる。

呪術師だって——？

「そう、あの女はうちで手配中の呪術師。ただの人間かどうかも不明で、正体は調査中。あのクマのぬいぐるみに呪いをかけたのは谷塚美萩で、それを近澤さんに渡したのも故意。……あれはさ、一種の感染呪術なんだよ。知ってるかな、感染呪術。丑《うし》の刻《こく》参りの藁《わら》人形とか、ああいうの」

見て、と言うと、瀬戸内さんは塩水でびしょ濡れになったクマのぬいぐるみを指でつまみ上げた。ぎょっとして目を丸くすると、彼はリュックからカッターナイフを取り出し、一切の躊躇なくぬいぐるみの腹を裂いた。

そこからぼろぼろこぼれ落ちてくるのは、綿の代わりに詰まっていた米と、そして。

「……髪？」

「そう、髪。近澤さんのね」

わたしの、髪。

ぞくり、と悪寒がした——聞いたことがある。有名な丑の刻参りでは、呪いたい相手の髪を藁人形に入れて五寸釘を打つという。

まさか、それと同じ要領でわたしの髪をぬいぐるみに入れたというんだろうか。

(そんな。どうやって髪を)

集めたのだろう、と思ったが、すぐに彼女にはその機会があったということを思い出す。以前にお土産をもらったとき、家に上げたことがあるのだ。

掃除はしていたが、髪の毛くらい少しは落ちていただろう。家に上げた際もずっと彼女を見ていたわけでもなし、床に落ちた髪の毛を集める時間はあったはずだ。

「たぶん、これは巷《ちまた》で有名な『ひとりかくれんぼ』っていう都市伝説のアレンジかな。あれは自分で自分を呪う感染呪術の一種だけど、これは術者が自分の髪を使う『ひとりかくれんぼ』と違って呪いをかける対象が近澤さんになっていた。だから髪も君のものを使っていた」

「『ひとりかくれんぼ』……」

「そう。ポピュラー呪術のアレンジだし、一つでも手順を間違えたら手痛いしっぺ返しを食らうことになるんだけど」

塩水で止められててよかった。

彼はどこか安堵《あんど》が滲んだ声でそう呟くと、首を軽く鳴らした。

「……そんな」

谷塚さんが——呪術師？

あらためて瀬戸内さんの言葉を嚙み締めてみて、わたしは、つい先ほど会ったばかりの、谷塚さんの笑顔を思い出す。

あれは全て偽りのものだったというのか。恐怖と失望に身体がぶるぶると震え出す。

いや、そもそも、本当に谷塚さんがその呪術師、だとして——。

「どうして谷塚さんはわたしを呪おうとしたんですか？　どうして、瀬戸内さんはわたしが彼女に狙われていると知ったんですか」

「……ま、その話になるよな」

彼は目を細め、意味ありげに笑みを深めた。「少し、場所を変えようか」

連れてこられたのはごく近所にあるコーヒーショップだった。夜遅くまで開店している珍しいチェーンなので、まだ開いている。

◈

「話の続きだけど」

そう言い、彼はおもむろに背負ったリュックからクリップで留められた紙束を取り出し、わたしに差し出す。「その書類の、十ページを見てくれないか」

そう言われ、わたしは躊躇いながらも言われた通りに持っていた紙束のページを捲《めく》っていく。そのまま十ページを見て、その内容をざっと読み。

――今度こそ、絶句した。

「これは仲間が隔世から……ああ、隔世っていうのはまた説明するよ。で、そこから見つけてきたものについての報告書だ。発見されたのは、十年前に起きた中学生連続失踪事件に関係する資料の一つ。たぶん、失踪した子のうちの一人が書いた記録ってところかな」

知っている。

説明されなくても、知っている。

この筆跡も、日記のような文章に含まれた名前も、何もかも知っている。

「十年前。中学三年生の三人の男女が突如《とつじょ》行方不明になった。行方不明者は田中陽介《たなかようすけ》、水橋唯人《ゆいと》、花山咲綾《はなやまさあや》。……誘拐、家出の二つの線で警察が捜査をしたが、手がかりが少なすぎて結局彼らの行方は掴むことができなかった。

そして三人に最後に会ったというクラスメイトの少女はこう主張していた。『四人でこっくりさんをやっていたら、三人ともいきなり目の前から消えた』、ってね」

「……やめてください」

「当然、そんな突拍子《とっぴょうし》もない言葉に警察は取り合わなかった。そして事件は迷宮入りした」

事務的に淡々と、彼は説明を続ける。

わたしはもう一度、やめてください、と言おうとした。

それでも、その声は掠《かす》れて出てこなかった。代わりに、強く目を瞑《つむ》る。

わたしの脳内に、赤い夕焼けが映し出される。

一人残された教室の不気味な静けさ。

つい一瞬前まで共にいたにもかかわらず、突如消えた友人の声。

「覚えてるだろ？　近澤さん――いや、青井朝陽さん。君は『こっくりさん』をやった四人の中で、唯一失踪しなかった『生き残り』なんだから」

――ずっと、忘れようとしていた。

だが、忘れることはできなかった。そして、そのまま十年が経った。

謎の失踪を遂げた三人と最後に会った人間だということに加え、おかしな主張をして周囲を混乱させたわたしは、『近寄ると不幸になる』『不幸を呼び寄せる』という噂を背負うことになったからだ。そしてそんな噂を背負うようになってから、さらにその傾向が加速し、わたしは孤独になっていった。

本当に、田中くんも、水橋くんも、この記録を書いた咲綾ちゃんも、わたしの目の前から消えたのだ。四人いたはずの放課後の教室に、わたし一人が残された。

確かにそれまでそこにあったはずの『こっくりさん』を呼び出すための紙も、田中くんの十円玉も、目の前から消え失せた。

夢だと思いたかった。

だが夢ではなかった。

三人は戻ってこなかった。

「本当にこれは……みんなが消えた後、その隔世っていうところから、見つかったものなんですか？」

「ああ。委員会は事態を知るなり、うちの案件だと考え、警察が本格的に動くより先に調査に立った。……隔世を突き止めて辿り着いた時にはもう、遅かったらしいけど」

「それで、これは、咲綾ちゃんの書いたもの……」

「そう。日記に書かれていた『あいつら』ってのが何かはわからなかったらしいな」

わたしは無言で、紙束を抱き締めた。

友達だった。田中くんも水橋くんも、咲綾ちゃんも。たぶん、最後の。

さんざん調べたので知っている。行方不明者は、その生死が不明になってから七年間が満了した時に死亡したものとみなされる。失踪から既に十年が経っている彼らは、法的には死人になってしまった。

だが、それでも。

まだ、どこかで生きている可能性はあるかもしれないと、そう思っていたのに。

これじゃ。これじゃあ――。

「……近澤さんはたった一人、怪奇現象に巻き込まれなかった。そこには必ず理由があると、俺たち委員は考えた」

「委員……？」

「そう。俺たちはね、入社してきた君があの青井朝陽だと気がついた時から、ずっと君の力の、あるいは体質の正体を知りたいと考えてきたんだ。マークしていたと言い換えてもいい」

聞いたことがあるとは思うけど、と前置きし、瀬戸内さんが言う。

「『こっくりさん』は低級の霊を高確率で呼び出す儀式なんだ。大体来るのは獣の低級霊だから、当然まともな意思疎通はできない。しかも儀式は一方通行で、大人しく帰ってくれることはなかなかない。儀式が成功したらしたで、とり憑《つ》かれるか除霊するかしかなくなるんだよ。でも、三人はとり憑かれるどころか、消えた。そしておそらく、閉じ込められた――一つの異界として完成された『隔世』に。つまり、近澤さんたちは獣霊なんかじゃなくて、それなりに高位の、それでいて悪い霊か怪異を呼び出してしまったんだろうな。もしくは、逆に呼び寄せられてしまった……」

不運にも。

だからこそ、世間で言われている、儀式を行うリスクを遥かに上回る怪奇現象に見舞われた。そして三人はこの世界から、消え失せてしまった――。

「その証拠に、隔世には強い霊的存在の気配があったって、報告書の補足事項に書いてあった。だから好奇心で『こっくりさん』をやった彼らは隔世に囚われてしまった……けれど、近澤さんは例外だった。近澤さんだけが」

そんな。

わたしは顔を覆い、血が滲むまで強く唇《くちびる》を噛み締める。

どうして――どうしてわたしだけが助かったんだろう。

わたしの『何か』が、強い霊を呼び出してしまったということなのか。

「だとしたら本当に、わたしが不幸を呼んでいるようなものじゃ」

「それは違う」

明確な否定だった。

以前と同じく、真剣な声に真剣な瞳だ。瀬戸内詩矢という人の、色の薄い琥珀《こはく》色の瞳に、思わず見惚《みと》れる。

「近澤さんは霊力が豊富で、霊的なものへの耐性が強いんだよな。それで、怪異による不幸、呪いによる悪縁を跳ね返してしまう」

「跳ね返す……」

「だから何かがやみくもに呪ったり、憑こうとしたりしても、近澤さんは無意識のうちにそれら全てを拒む。そして――そうやって跳ね返した呪いが、周囲に飛んでしまうこともある。周囲が唐突に事故に遭ったりするのはそれが原因だよ」

近澤さんはその体質ゆえに、多くの呪術師や怪異に狙われていた、と、彼は続ける。

「だから、俺は……俺たちは君を気にしてた。特に谷塚美萩は強力な呪術師で、うちにとっては手配犯みたいな存在だからね」

「瀬戸内さんはわたしのその、体質に気がついていたんですか。いつから」

「近澤さんが入社してすぐ、いわゆる一般人じゃないなってことには気づいてたよ」

あっけらかんと言われ、啞然として固まる。

「谷塚美萩の詳しい目的は不明だ。ただ、近澤さんの霊力を奪うか、身体の一部を奪うかして、自分の糧《かて》にするつもりだったんだろうとは思う。怪異や呪いに耐性がある体質は稀少だ」

「……じゃあ、本当にあれが谷塚さんの呪いが込められたクマのぬいぐるみだったとして。それを止めたってことは、瀬戸内さんもその、呪術師、なんですか」

「違う違う。俺はただの人間」

瀬戸内さんが笑って、顔の前で手を振る。

「呪術師ってのは、呪いとかを自在に操ったり、植え付けたりできる霊能者の亜種みたいなものだから。俺はそうじゃなくて、仕事であああいう呪いとか怪奇現象とか、そういうのに慣れただけの一般人だよ。ま、預かりものの力でだけど、ああいう危ないものを浄化したり、悪霊祓《はら》ったりはできるかな」

呪いや怪奇現象に慣れている人間が、果たして『ただの人間』なのだろうか。

「じゃあ、あの、意味がわからないレベルの身体能力は」

「あー……」途端、彼は気まずそうに頭を掻いた。「あれも借りものの力」

「はあ……？」

いや、それよりも、だ。彼はさっき、わたしに嘘をついた、と言った。

浮気も知り合いも何も存在しない、と。谷塚さんがわたしを狙っていたから、バイトを頼んだと。だとすると、

「わたしが狙われていることをわかっていて、わたしを谷塚さんに近づけたんですね。手配中、だとかいう呪術師を捕まえるために」

「そうだよ」

またもやあっけらかんとした声だった。「近澤さんが自ら動いてくれれば、呪術師が誘《おび》き寄せられると思った」

　谷塚美萩は、わたしがちょっとやそっとでは呪われない体質だと知り、入念に呪いの準備をしていたらしい。そして、わたしを呪い殺せる自信ができて、そのうえで機会を窺った。

　そんな時に、わたしが自ら彼女に近づく素振りを見せた。――瀬戸内詩矢の差し金で。

「……わたしを撒き餌《まえ》にしたってことですか。ぎりぎりまで放置していたのはわたしの力とやらを確かめるため」

「そういうことになるかな。でも、危なそうだったらきちんと守るつもりだったんだよ。まさかあそこまで簡単に釣られてくれるとは思わなくて、対処が遅れたのは申し訳なかった。近澤さんの体質もあるし、もしかしたら手を出さなくても大丈夫かと思ってたけど、さすがは手配中の呪術師だ。呪具を手渡しして、近澤さんに受け取らせることで、近澤さんに『呪いを受け入れ』させた」

　無事でよかったよ、と瀬戸内さんが笑う。

　酷薄《こくはく》とすら言えるような笑みだった。

「そういう問題じゃ、ないと思いますが」

　結果的には助けてくれたし、最初から助けてくれるつもりだったとして、わたしは利用されたのだ。彼の『仕事』とやらのために。

　瀬戸内さんを、わたしはとても明るくてキラキラ輝いている人だと思っていた。とんでもない勘違いだった。

——彼は、わたしが考えていたよりもずっと狡猾《こうかつ》で、冷徹な人だったのだ。

「ごめんね。呪術師を放っておいたらもっとひどいことになるから、手段を選んでる暇がなかった。それに、強力な呪いだからって、近澤さんがあれで死んだりすることはないよ。他の人間ならまずかったかもしれないけどさ」

「………」

「近澤さんを一度や二度の呪いじゃあ殺せないってわかってるから、じわじわ呪って弱らせて、レア体質ごと根こそぎ霊力を奪ってやろうって腹なんじゃないか。そういう悪意を感じる呪いだ。わかってたことだけど、谷塚美萩はろくな術師じゃないね」

そう言う瀬戸内さんはぞっとするほど冷ややかな目をしていた。わたしは怯みそうになって、それでもなんとか言葉を返す。

「……なんであろうと一言、言ってくれればよかったんじゃないですか。無言で囮《おとり》になんかしないで。それとも、撒き餌としての機能が低くなるから、わたしには何も説明しなかったんですか?」

瀬戸内さんは薄く笑んだまま何も言わない。

何も言わない、つまりそれが答えということだろう。

思わず歯を食いしばった。

——馬鹿にして。

一度や二度で殺せないからじわじわと呪い、力を奪い、殺す。それが谷塚美萩とやらの目的なら、わたしはこれからもその強力な呪術師と向き合わねばならないということだろう。

だとすれば、わたしが蚊帳《かや》の外に追い出されていたのはおかしいじゃないか。

「どうしてこんな……。わたしはあなたに何かしましたか。それともわたしが周囲に無差別に呪いを跳ね返す迷惑な人間だからですか」

「………」

「わたしだって、好きでこんな体質に生まれたわけじゃない。好きで周りを不幸になんて」

「――そんなことは言ってない」

瀬戸内さんが、やんわりと、しかしはっきりとわたしの言葉を遮った。

「確かに跳ね返された呪いのせいで不幸になった人はいる。でも、近澤さんが責任を感じる必要はない。呪いをかけた奴だけが悪いに決まってる」

だから、と彼は言う。――琥珀の瞳に、冷ややかな光が宿る。

「近澤さんが悪いなんてことは絶対にない。これまでも、これからもね」

「……！」

思わず息を呑んだ。

「確かに、なんにも説明をしないで怖い思いをさせたのは悪かった。もう蚊帳の外にはしないし、俺が何も言わなかったのは、その方が谷塚美萩を炙《あぶ》り出せると思ったからで、君の体質は関係ない」

跳ね返された呪いで誰かが不幸になったとして、と彼はつづけた。

「それを近澤さんのせいにするのは、通り魔に襲われた人にそこに立っていたのが悪いと言うようなものだと思う。近澤さんは悪くない。純粋な被害者だ」

「被害者……」

その言葉に、ゆっくりと俯いた。

わたしは悪くない――本当にそうなんだろうか。わたしがそばにいなければ、不幸にならなかった人もいたんじゃないだろうか。

だが、『呪いをかけた奴だけが悪い』という言葉は、胸に響いてしまった。

たったそれだけの言葉で、救われた気になってしまった――。

「なあ近澤さん。一つ提案があるんだ。利用したばかりでなんだけどさ、今度こそ俺のやってる『仕事』、一緒にやらない？」

「……え？」

彼は意味ありげな笑みを浮かべると「悪い話じゃないと思うけど」と言う。

「何せ、うちには特殊な力や体質を持っている人が多くいる。だから――ここに入ればきっと、近澤さんの体質のコントロール方法もわかるようになるはずだ」

「コントロール方法？　そんなものがあるんですか」

「うん。呪いを方々に跳ね返すんじゃない。かけてきた奴に、返す。そういうこともきっとできるようになるよ」

だから『悪い話じゃない』はずだと、瀬戸内さんがずいと顔を近づけた。

どうかな、と言われ、わたしはぐっと拳を握る。

彼の言う委員会、とやらに入れば、わたしは変われるのか。もう、誰かを不幸にするかもしれないと怯えなくてもよくなるのか。

……もしも、そうなれるのなら。可能性があるのなら。

諦めたくない。

「瀬戸内さん、その委員会、入るにはどうすればいいんですか」

「そうこなくっちゃ」

わたしの言葉を聞いて、ニッ、と挑戦的な笑みを浮かべると、彼は新たに一枚の紙を取り出した。

契約書——そう書かれた紙の右下の欄にペンを走らせ、自分の名前を書き込んだ。そして印鑑をサインの横に捺《お》す。

瀬戸内さんがそれを見て、再び笑顔になった。

「よし。じゃあこれで、仲間だな。よろしく、朝陽」

「名前呼びですか……」

距離の詰め方よ……と思っていると、「え、もう仲間なんだし問題ないよね?」と満面の笑みで瀬戸内さんが言う。彼のような人種はそれが通常運転なんだろうか。

「朝陽も俺のことは名前で呼びなよ」

「いや結構です」

えーっ、と、瀬戸内さんからわざとらしい不満の声が上がる。

えーっ、ではない。この人は自分が何をしたのか忘れたのか。

「……まあ、その件は置いておくとして」わたしはサインをした契約書を確認する。「この契約書によると、『隔世調査委員会』って、働く時間が八時半から十七時十五分と決まってて、しかも給料が出るじゃないですか。瀬戸内さん、どうやって今まで仕事してたんですか」

「ああそれは」

なんでもないことのように、彼は言った。

「だってうちの機関だから、そこ」

「えっ？」

「というか、うちの会社の一部って、内閣府の出先《でさき》機関なんだよね。極秘なんだけどさ」

だから実は隔世調査委員会も国の機関だから、よろしく。

瀬戸内詩矢は綺麗な笑顔のまま、唖然とするわたしの肩を叩く。

「……はあ…………？」

# 第二章

# 腕の駅

# 1

「や！　同志調査委員。元気？」

「……おはようございます、瀬戸内さん」

朝七時。日曜日。あの、大騒動があった翌日。

出勤日ではないがわたしはなぜか、早くに瀬戸内さんの課を訪れるように言われていた。

そこで、瀬戸内さんの所属する課に来たら、彼が待ち構えるように立っていた。

「ごめんな休日に。委員会の活動日って日にちも時間もばらばらでさあ。もちろん休日手当や残業代は出るから、安心してくれていいよ」

「それはいいですけど、なんですか、さっきの挨拶《あいさつ》……」

「いいだろ？　これから朝陽は俺たちと同じ隔世調査委員なんだし」

「はあ……」

じゃあうちの課を案内するから、と言い、瀬戸内さんが歩き出す。

――あの後。

とりあえずもう遅い時間だから、またの機会に委員会の説明をする、ということで瀬戸内さんは帰っていった。今日、朝早くに呼び出されたのも、委員会について説明をするためなんだろうか。

「昨日は災難だったな。窓も、一応ブルーシートで簡単に補修はしたけど、本当ごめん」

「いえ、まあ、命には代えられませんので」割れた窓も委員会がどうにかしてくれるらしいし。「それで、このクマ、どうすればいいと思います？」

わたしは、例のクマのぬいぐるみを差し出す。無論あの、呪いに使われたものだ。

「まだそれ持ってたの。呪物《じゅぶつ》だし、早く燃やしたほうがいいって言ったよな？」

「そうなんですけど、昨日の今日ですし」

肩を落としてため息を吐く。

燃えるゴミの日に出してしまえばいいのかとも考えたが、こういういわくつきのぬいぐるみを、ただゴミとして捨てるのは躊躇う。

「コンロの火で燃やすこともできたかもしれないですけど、火事になるリスクを考えたら、呪物と寝起きする方がましかなって……」

「アッハハッハッハ」

おもろすぎ、と言って笑い転げる瀬戸内さん。こっちは全然笑いごとじゃない。

しばらくのあいだ引き攣《つ》り笑いを続けていた彼だが、ややあって息を整えることに成功すると、持っていたクマのぬいぐるみを摘まみ上げた。

「そもそも、その、委員会？　の瀬戸内さんがこれを持ち帰ってくれてたら何の心配もしなくてよかったんですけど」

「それはそうだけど。強い呪いがかかってる呪物を持ち歩くと、俺はともかく周りに呪いが漏れるかもしれないからさ。耐性があって、しかも呪いをかけられた相手である朝陽が自分の手で処分したほうがいいんだよ」

「……へえ」単に持ち帰るのが面倒だったというわけではないのか。「そうなんですか」

「まあ、それが嫌なら、こういういわくつきのぬいぐるみや人形、もしくは大切にしていた人形とかは寺に持って行けば供養《くよう》してもらえるよ。専門家にお焚き上げしてもらってもいいし」

「ああ」

それは聞いたことがある。確か、人形供養というのだったか。

「昔から人形を供養するっていうのはよくあることなんだ。何せこの国では遥か昔から『全ての物に神が宿る』って考え方がある。古いものや愛着がある物には神、転じて念がこもりやすいけど、人形とかは特にそう。人形はわざわいの身代わりになってくれるものとよく言われるから、捨てる時も寺とか、専門の業者に頼んで浄化、供養してもらったほうがいいね。人の形をしているモノには自我が宿りやすいからさ」

「詳しいんですね」

「ま、一応これが仕事だし」

瀬戸内さんがおどけるように肩を竦める。

美形陽キャがつらつら述べる知識がらしくないのが、なんだかおかしい。

「付喪神《つくもがみ》の逸話とかあるだろ。長い年月を経た道具には霊魂や神が宿るって話。……ま、そういう概念があるから日本では人形供養で有名なお寺とか結構あるんだよ。だからそういうとこに持っていけば、ソレもなんとかなる、かもね？」

「………」

かもね、とは。なんとも安心できない言い方だな。

なんであれ、後でとっととといい神社かお寺を探して燃やしてもらおう。わたしはふうと肺に溜まった空気を吐き出し、ぬいぐるみをバッグに仕舞い込む。

「それじゃ、着いたから入って」

と、そこで瀬戸内さんが足を止め、こちらを振り返る。

朝七時だというのに事務室には既に灯りがともっていた。先に誰か出勤しているということなのだろうが、今は席を外しているのか、誰もいない。

「あの。ここで委員会の説明をしてくださるんですか」

「ん？　いや。あの中で」

瀬戸内さんが事務室の中にある、ロッカーを指さす。ロッカー……を……、

「いや、あれ、掃除用具入れですよね……？」

「見た目はね。あそこの中がうちの本当の事務室だから」

「はあ……？」

まるで意味がわからない。顔中にはてなを浮かべながら困惑していると、瀬戸内さんが笑顔でわたしの手に何かを押し付けてきた。見れば、それは小指の爪大の、きらきらと光

る玉だった。ガラス玉のようにも、宝石のようにも見える。

「じゃ、それ持ってついてきて」

「えっ。いや、あの、ちょっと瀬戸内さん」

こちらの困惑など意にも介さず、彼はわたしの手を取ると、ロッカーの扉を開けた。

人の背丈よりもやや大きめなロッカーの中には、モップやらほうきやらの、簡易的な掃除用具が、
入っていなかった。

「は……?」

目の前に広がる光景に、呆然とする。

ロッカーの向こうにあったのは、まるで別世界だった。四十人規模のうちの課の事務室がすっぽりと入りそうな広さの大きな部屋が、眼前にある。

しかも、驚くべきはそれだけではなかった。その部屋はまるで、令和のオフィスとはほど遠い内装が施されていたのである。

(何、ここ)

天井にぶら下がる花を象《かたど》ったシャンデリア、事務室中にあるマホガニーの机。暖炉《だんろ》に革のソファァ。しかし壁のつくりやその色、家具のデザイン、彫刻から、どことなく和風が香る。明治、大正期を思わせるレトロモダンと言えばいいのか——昔の国のお役所はこんなデザインの内装を取り入れていたのではないかというようなインテリアだった。

歴史を感じさせるいかにも高そうなデスクに、最新型のノートパソコンが置かれているのが妙におかしかった。

「驚いた？」

「瀬戸内さん……」

しばし呆然としていたが、声を掛けられたことでわたしは正気を取り戻す。「いや、どういうことですか。なんなんですかここは。どうしてロッカーの中に部屋が」

「何って、うちの課の本当の事務室。『隔世調査委員会』の本部だよ」

なんてことない、というように答える彼に啞然とする。

瀬戸内さんの課の――本当の事務室だって？　ここが？

「ロッカーの中に部屋があるんじゃない。この事務室は異界、つまり『隔世』で、ロッカーの扉が入口になってるんだよ」

「『隔世』？　それって、昨日言っていた……」

「そう。うちの課長……いや、正確には内閣府の組織とはいえ内閣府の事務次官の下についてるわけじゃないから、委員長、かな。委員長の力で成立している異界なんだよね」

「つ」わたしは頬を引き攣らせながら言った。「つまり、こういうことですか。瀬戸内さんの課の職員は、もれなく、この異界……『隔世調査委員会』に属していると」

「そういうこと。正確には、この課の職員は全員、委員会メンバーなんだよ。上層部は課に所属してないけど。課長は会社の課長でありながら、委員会の中間管理職でもあるってイメージ」

「はあ……課の人は全員委員だけど、委員の全員が課員ではないってわけですね」

「理解が早くていいね」

わたしはこの、異界だという豪奢《ごうしゃ》でありつつどこか静謐《せいひつ》な空気を醸している事務室を見渡す。こんな場所を作るなんて、その上層部とやらはこの課の課員でないどころか人間ですらないのでは――。

「瀬戸内さん。この課のメンバーが委員で、内閣府外局の職員扱いであることはわかりましたけど……。うちの社員が全員国家公務員扱いってわけじゃないんですよね？」

委員会のメンバーが、「世を忍ぶ仮の姿」的な意味で、会社員をやっているというのはなんとなくイメージできる。だが、組織の仕組みとしてはまだ理解ができない。

うちの会社は国との取引があるとはいえ、民間企業だ。どうしてその一部が内閣府の組織ということになるのか。

「ああ。もともと隔世調査委員会は、内閣府直属の組織だったんだ。でも、業務内容的に、出張が多い民間企業の姿を借りた方がいいなってなったらしくて」

「業務内容的に……」

「ここの創業社長がもともと内閣府所属の官僚で、委員会の有力者とも知り合いだったらしくてさ。その有力者のために、委員会職員のための課を創設してくれたんだと。年のほとんどを出張してるなんて、議会で詰められたら言い訳しにくいからね」

「なるほど。世を忍ぶ仮の姿ならぬ、世を忍ぶ仮の課というわけですか……」

「そゆことぉ」

瀬戸内さんは個人的な事情で学生時代から委員会でインターンシップめいたことをしており、その流れでうちの会社に入社したらしい。

彼のようにやたらめったら優秀な人間が、あえて大企業を選ばずにうちに入社した理由はそれだったのだ。

「で。朝陽にはぜひこの課――隔世調査委員会に入ってほしいってスカウトをしたわけ。だから、正式に委員会加入が認められたら、次の人事異動で正社員扱いかつうちの課に異動ってことになるから」

「えっ」

「ついでに内閣府の職員扱いにもなるからよろしく！」

「えええ……」

昨日までただの派遣だったわたしが、正社員に？　しかも国家公務員にも？

完全に裏道ルートじゃないか。国の機関で、そんなことがあっていいのか――。

すると、まるでわたしの思考を読んだようなタイミングで彼が言った。

「ところがありなんだな、それが。うちは国民の安全を守るために欠かせない秘密の部署で、その一員になるには特殊な力や体質が求められることが多い。それは普通の公務員試験じゃあ発掘できないだろ？」

「はあ……」

「うちの『仕事』は、人ならざる者や呪術師、人間の強い怨念なんかが作り出した空間や異界を調査したり、そこに呑み込まれた被害者たちを助けたりすることだ。その、異界のことを、『隔世』と呼んでいて、」

——未だ年間に十万件近く発生している行方不明や失踪のうち、その大部分が怪異が作り出した『隔世』が関係していると言われている。

ひどく淡々とした声なのに、瀬戸内さんは笑みを浮かべたままだ。

「十万件のうち、大部分が……？」

「もともと『かくりよ』っていうのは神道《しんとう》の概念で、ざっくり言うと異界や神域、死者の国なんかを指す言葉なんだよ。でもさっき言った通り、俺たちが言う『隔世』は、霊やら妖怪やらのいわゆる『怪異』や、異界をいじる力を持った術師が作った異界のことだ」

——それも、とびっきり危険な。

その言葉に、わたしは緊張と恐怖に強く手を握り込む。

「うちの業務は異界の調査。だからこそ当然、『出張』ばかりだ。それも帰ってくることが保証されてないたぐいのものでね。地方赴任ということになって何年も帰ってこない者も多い。そういう人たちは浦島太郎になることを覚悟で、年単位で異界に潜伏しているか」

——行方不明になっているか、だ。

笑みを形作っている唇から、冷ややかな声が落ちる。

「さて、結構脅しつけちゃったけど。大丈夫？」

そう聞く瀬戸内さんの目の奥は、やはり笑っていなかった。

わたしは俯き――それから、覚悟を決めて顔を上げた。

「……わたしの友人たちが連れ込まれたのも、その『隔世』なんでしたよね」

「そう。朝陽の友達が霊に連れていかれた場所も、間違いなくその異界――『隔世』だ。

俺たちはそこに踏み入って、誰かが迷い込まないように封印する。それから、谷塚美萩のように、異界を、悪意を以て作り出す奴のことを捕縛する。そういうことを仕事にしているのが、『隔世調査委員会』なんだよ」

だから当然、霊的なものやら呪いやらには詳しくなる。また、霊的なものや呪い、怪異に強いわたしの体質は、隔世の調査に役に立つ、というわけか。

そしてその調査はきっと、誰かを救うことに繋がる――。

「……大丈夫です」

「おっ？」

今までわたしはさんざん怯えてきた――自分が、自分の体質が、誰かを不幸にしてしまうのではないかと。

わたしが一番怖いのは、自分が誰かを傷つけ、不幸にしてしまうことだ。

それに比べれば、自分が大変な目に遭うことくらい、なんてことない。

わたしの力が、体質が、人の役に立つのなら。

「挑戦、したいです」

「……いいね」

瀬戸内さんが僅かに目を細めてみせる。

今度は、その目が笑っていない、ということはなかった。

「それで、その異界……隔世の調査なんだけど。さっそく研修を兼ねて依頼やってみよっか。今はやりのＯＪＴってやつで」

「は、はい」

「大丈夫。もちろん仕事で必要な民俗学や霊的な知識は俺がその場で教えるからさ。朝陽、あんまり詳しくないだろ？」

確かに彼の言う通り、わたしはろくにそういった知識を持っていない。オカルト知識や民俗学の知識というか、雑学全般に疎い。奨学金のために勉強はしてきたけれども、本もあまり読まない性質《たち》だからだ――って、ＯＪＴ？　今、ＯＪＴって言った？

ということは今日いきなり、その、『隔世』に踏み込むということ？

「ちょうど試験官も来たみたいだし」

瀬戸内さんが後ろを振り向き、わたしも反射的に彼に倣《なら》う。

すると、そこには見覚えのない少女の姿。

（綺麗な子……）

真っ黒な長い髪がつややかな美少女だ。頭につけた、桜の花びらを模した髪飾りがかわいらしい。年の頃は十二、三歳くらいだろうか。

でもどうして、こんなところに中学生くらいの女の子が突っ立ってるんだろう。そもそも、いつからそこにいたんだろう。

そう思っていると、瀬戸内さんがいつものように馴れ馴れしい様子で、「サク先輩こんちわ！」と駆け寄っていった。

……え、先輩？

「連れてくるのが遅いぞウタ坊。何をしていたのだまったく」

「すいませーん。てかウタ坊はやめてよサク先輩、いつも言ってるじゃん」

「坊を坊と言って何が悪い」

「……？」

どこからどう見ても年下にしか見えない美少女の口から紡がれる、時代がかったような口調に戸惑いが隠せない。瀬戸内さんが先輩と呼んでいるということは、彼女は調査委員なんだろうか。あの見た目でまさか年上？

「あ、朝陽、こっち」

頭上にハテナマークを浮かべるわたしに気づいた瀬戸内さんが手招きしてくる。大人しくそちらへ行くと、「こちらサク先輩。委員会の、上層部のヒトね」と言って、その少女を手で指し示した。

「じょ、上層部……？」

「そうそう」

つまり、人間であるかどうかすら謎な、お偉い委員会メンバー……の方？

この少女が？

「見た目通りの年じゃないからさ。フツーの人でもないし」

「余計なことを言うでないわ」

即座に頭をはたかれた瀬戸内さんが、「いってぇ」と蹲る。

「改めて、妾《わらわ》は咲夜《さくや》という。ウタ坊はサクと呼ぶが、おぬしも好きに呼べ」

「あ、で、では……サクヤさん。わたしは近澤朝陽、と言います。本日は、よろしくお願いいたします」

「うむ」

鷹揚《おうよう》に頷いてみせたサクヤさんが、わずかに微笑む。幼さの残る笑顔は文句なしにかわいらしいのだが、やはり仕草《しぐさ》が妙に老成《ろうせい》している。

「……さて、朝陽と言ったな。妾はおぬしを正式に採用するかどうかを決める試験官だ。講習の担当はウタ坊だが、主に動くのはおぬしだ。そして、妾は外からおぬしを視させてもらう。つまりはそうさな、研修は面接の代わりみたいなものだと思うておけ」

「はい」

頷いた途端、サクヤさんが瀬戸内さんに何かを投げ渡した。

彼は危なげなくそれを受け取る。両手のひらに収まるくらいの巾着袋だ。

二人で袋の中をのぞいてみれば、

「塩と……ペットボトル？」

「ああ。清めの塩、界渡りの水晶、それから果汁たっぷりの桃ジュースに桃の種数個を入れておいた。ウタ坊なら使いこなせる。できるな？」

「できまあす」

瀬戸内さんの返事は軽いが、わたしは当惑を隠せない。

「塩に水晶……え、桃ジュース？　桃の種？」

「知らぬか？」こちらの心情を察したのか、サクヤさんが注釈を入れてくれた。「この国では、桃は古来より魔除けの効果があるとされておるのだ」

「そう、なんですか」

「うむ。詳しくは古事記の記述にあるが、そうさな。簡単に言えば日の本を産んだ神の一柱が、死んだ妻を訪ねたところ、いろいろあって変わり果てた姿となった妻の手先の黄泉の魔物に追いかけられたという話がある。そこでなんとか逃げおおせたのが桃を投げつけたおかげだ、ということで、桃が魔除けと見做されることになったのだ。ひな祭りでも桃の花を飾るであろう。それも桃が魔除けと見做される故よ」

だから何か悪いモノに出会ったら、桃の種を投げつけるかジュースをぶっかけるかするとよい、とサクヤさんは楽しそうに言った。

それにしても、桃ジュースが魔除け。理屈はわかるがどうも締まらない。

「本当なら塩、水、酒を揃えられればよかったのだがな。ま、今回はあくまで講習。ジュースでよかろう」

確かにお清めと言ったら塩、水、酒、というイメージはある。瀬戸内さんもクマのぬいぐるみの動きを止めた時、口に含んだ塩水をぬいぐるみに浴びせかけていた。

ああ、また、ぬいぐるみの時のような恐怖を味わわなければいけないんだろうか。

「ＯＪＴとはいっても、調査はウタ坊が主体で行う。おぬしはそう気張らず、無事に帰ることを心掛けよ。ウタ坊のサポートができれば、なおよしといったところだ」

とはいえここまで来たなら、背に腹は代えられない。

正規の職員になれるのは、正直ありがたい。借りた奨学金を早く返したいので、給料が高くなるチャンスは、逃したくない。

わたしは唸りながらも、「わかりました」と頷く。

「よしよし、いい返事だ。……そろそろ時間だな。二人とも、気をつけていけ」

「は〜い」

ワンピースのポケットから金の懐中時計を取り出して時間を確認したサクヤさんに、瀬戸内さんが気が抜けたような返事をする。懐中時計とはまたレトロなものを……。

……本当にこの、サクヤさんという人は、何者なんだろう。

じ、と見つめていると、サクヤさんがフ、とこちらを見て笑った。「見すぎだ朝陽」

「あっ。ごめんなさい」

「よいよい。好奇心旺盛なのが人の子というものよ」

意味深に言ったサクヤさんは朗らかに笑い、それから、ゆっくりと目を細める。

そして——言った。

「ただおぬし。人の道を踏み外さぬように気をつけよ。……因果を他人に分けようとも、血というものは案外濃いのだから」

2

時刻は午後五時ごろ。日も傾いている時刻だ。

ある程度研修に必要な知識を教わってから、わたしと瀬戸内さんは依頼人が待つというカフェに向かった。

レトロな雰囲気のそのカフェは、外観から内装までお洒落だった。暖色の光を発する天井の照明も、アンティークのような机のデザインも素敵。

そんな、敷居の高そうな店でテーブルにつくやいなや、瀬戸内さんは躊躇なくレモン水とキッシュを注文した。うわ。キッシュ、一切れ二千円近くもする。

「朝陽も好きなの頼みなって。遠慮せずに。ケーキとパイがうまいらしいよ」

「いやここ、高すぎませんか？」

「だいじょうぶ。経費で落ちるから」

人の金で食う飯はうまい、と言う瀬戸内さん。本当にいい性格をしている。

「あと、隔世調査委員会って、依頼を請け負うこともあるんですね。独自の方針で自らあちこち調査をしているのかと」

「基本はそう。もともと出張してる委員が各地の異界化を報告し、上層部からゴーが出た隔世内を調査するイメージ」

「はあ」

「でも、委員会が出張った方がよさそうな依頼が来た時は、上層部の判断によって対応することになる。あと、一応依頼の難易度は委員の年次や能力で振り分けられてる」

「なるほど……」

「まあ、人手不足だから、依頼内容を精査するのにも手が足りてなくてさ。若手がやべえ現場に放り込まれることもままあるんだけど」

「…………」

嫌なことを聞かせてくれるものである。

しかしなんであれ隔世調査委員会の仕事というのは、委員会に所属している人たちが調査すべきだとしたものを調査することと、外部から持ちこまれた依頼の中から、調べるべきだと判断されたものを調査することの二つに分けられる、という理解でいいのだろうか。

……そして、調査対象は主に怪異の力や、霊などの思念により作られた『異界』。

ならば依頼人というのは一体誰のことなのか。

――カラン。

そんなことを考えていると、不意に店のベルが鳴った。新しい客が入ってきたのだ。スーツを着込んだ、四十代半ばから後半くらいの善良そうな男性。ややふくよかな体形で、警戒心を抱かせにくいまるい輪郭《りんかく》をしている。

近所のサラリーマンかな、と思っていると、瀬戸内さんがすかさず立ち上がって、「こちらです」と彼を自分たちのテーブルに招く。

依頼人だったのか。慌ててわたしも立ち上がる。そして、彼に倣って名刺ケースを取り出した。

「内閣府付隔世調査委員会の瀬戸内詩矢と申します」

「お、同じく近澤朝陽です。よろしくお願いいたします」

わたしの名刺はあわてて刷ったばかりのピカピカな新品だ。……まさか自分が内閣府のシンボルマークがついた名刺を持つことになるとは思わなかった。

――隔世調査委員会の名を明かすのか、とは思ったけれど、上層部が『身分を明かした方がやりやすい』と判断した場合はそうするらしい。

確かに民間の霊能者だと思われるより、国家の一組織の者だと自己紹介した方が、うさんくさがられにくいだろう。そして実際にオカルト被害に遭った人は、自分は本当に怪奇現象を見たのだ！　異界に囚われたのだ！　国家の秘密組織に会ったのだ！　とは吹聴《ふいちょう》しない――吹聴してもまともな人々はそういうことを信じない――ので、隔世調査委員会の機密性は保たれる、と。

なかなかうまくできている。

「ご丁寧に。松戸《まつど》啓介《けいすけ》といいます」

思った通り近くの会社の社員だった。人事部の部長らしい。意外にお偉いさんである。彼の顔は少なからず青褪《あおざ》めており、いかにも憔悴《しょうすい》しているといった様子だ。一体、何があったんだろうか。

「こちらの委員を通して、依頼をいただいたので、既に我々組織のことはご存じでしょう。さっそく、ご相談内容をうかがいたいのですが」

瀬戸内さんがにこやかに尋ねた。松戸さんは青褪めたまま黙っている。

わたしと瀬戸内さんは彼が口を開くのをじっと待った。

しばらくしてジャズの曲が途切れた時、ようやく彼は話し始めた。

「あなたがたのような若い方々に迷惑をかけてしまい、たいへん申し訳ない。だが、妻を、数日前に失踪した妻を、捜してほしいんだ」

◆

妻がいなくなったのは三日前だった。

　妻は専業主婦で、いつも家にいる。用事で家を空けるという連絡もなかった。だから、少し焦った。

　ただ、前日の晩に少し言い争いをしたことを思い出した。それで怒って家出をしてしまったのかもしれないと思い、下手に刺激せず連絡を待ってみることにした。妻もいい大人だ、そう大騒ぎせずともそのうち連絡してくるだろうと思ったからだった。

　しかし、二日経ってもまったく音沙汰なく、私は本気で焦り出した。その時になって、私は自分の楽観的な考えを呪った。

　そして昨日のこと、警察に連絡しようか迷っていた時だった。妻のＳＮＳの鍵アカウントに、いくつか新しい投稿があることに気がついた。

　不可解な投稿だった。

　はじめの投稿は、『電車を乗り過ごした。でも、見覚えのない駅だし、人もほとんどいない。怖い……』というものだった。それから数分置かず、何度も投稿が繰り返された。

『電話もラインも繋がったと思ったらすぐに切れちゃう。ＳＮＳしか開けない』

『どうしよう。友達にも、両親にも連絡できない』

『ここはどこ？　駅名も読めない。看板の字が文字化けしてる。明らかに普通じゃない。気味が悪い』

『嘘じゃない。駅にも誰もいない。切符販売機の表示も文字化けしてるし、どうすれば……誰もいないし、暗い。怖い』

『画像は貼れない。カメラ機能が使えないというか、撮ってもブレるか、ブラックアウトしてしまうみたい』

『スクリーンショットはできた。見て、時刻が変。まだ十七時前だなんておかしい』

『しかも圏外。アプリの文字も読めなくなってる。これは何？』

ちょうど妻の投稿を見ていた友人たちは、なんのおふざけなのかと呆れていたようだった。ホーム画面のスクリーンショットも、加工だとみんな考えていたようだった。

私も妻が何をしたいのかさっぱりわからなくて困惑した。妻は真面目な性分だし、こういう悪ふざけはしない人だ。だが駅名がわからないとか、文字化けとか、駅から出られないとか、そんなことは到底信じられなかったから、きっと妻も疲れてそういうことをしたんだろうと考えた。だから妻を見つけて労《いた》わってやろうと思った……もちろん、イタズラはやめさせてからの話だ。それで、一言何をしてるんだと言ってやろうと思って、チャットアプリの通話機能を使って電話をかけてみた。

……だが、妻は出なかった。メッセージも送ったが、既読はつかなかった。メールにも返信がない。

あわててSNSの投稿を見た。

妻の投稿は少しずつ間隔が開いていっていた。

『暗い、こわい。本当にここ、どこなのよ。全然外に出られない。どうすればいいの』

『早く電車来ないかな。電車が来れば帰れるのかな』

『まって。そもそも私、どこ行きの電車にのるんだっけ。ねえ、だれか知ってる?』

『なんだか、おかしい気が、する』

『あれ?　なんで』

『まって』

『わたしって』

『わたしってだれだっけ』

……そう、これが実際の投稿なんだ。スクリーンショットもある。

どんどん投稿される内容がおかしくなっている。途中から変換もままならなくなっている。

私はあわててSNSに書き込んだ。

『いま、どこにいるんだ。迎えに行くから場所を教えるんだ』

しかし妻からの返事はなかった。

妻は私の投稿を無視して、その後、『おちる』と投稿した。

……それ以降、投稿はない。

そして、妻はまだ、帰ってきていない。

「警察には昨日の夜、連絡したんだ」

話を終えた松戸さんが、視線を下に落としたまま低い声で言った。

「だが、大の大人が二日三日帰ってこないというだけで大さわぎをするのはどうなんだ、家出か何かなんじゃないか……と考えているのは、口調からすぐにわかった。捜すとは言ってくれていたが、どこまでやってくれるのかは正直わからない」

「なるほど、ということは結構切羽詰まっていらっしゃるんですね。丸三日か」

瀬戸内さんが難しい顔で唸る。

「普通に考えたら妻が家出なんてするはずがない。もし、もし彼女に何かあったのなら、私は……」

「松戸さん……」

顔色が悪い松戸さんをいたわしい気持ちで見遣ってから、わたしは松戸さんに見せてもらった、彼の奥さんの投稿のスクリーンショットをじっと眺める。

——外部と連絡が取れない。使えるのはＳＮＳのみ。ホーム画面のアプリの字はなぜか文字化けしてしまっており、さらに表示された時刻は明らかにおかしい。午後六時頃におかしな『駅』に来てしまったのなら、十六時四十四分ではそもそも時間が合わない。

心臓の鼓動が、速くなっていくのを自覚する。

……だって、似ている。似ているのだ。

瀬戸内さんが見せてくれた、『彼ら』の残した日記に。

内容も何もかもまったく違うけれど、文面から必死であることが痛いほどに伝わってくるこの感覚。松戸さんの奥さんの心境を想像するだに、震えてしまうほどの悪寒。

間違いない。嘘でも、もちろんただの家出でもない。

本当に松戸さんの奥さんは、おかしな怪奇現象に巻き込まれているのだ。

「朝陽」

落ち着いた声で呼ばれ、はっと我に返る。ゆるゆると顔を上げると、瀬戸内さんが静かな目でこちらを見ていた。……松戸さんの話にまったく動じていない。冷静そのものだ。

瀬戸内さんはゆっくりと瞬きをすると、「大丈夫か？」と聞いてくる。

「だ、大丈夫です」

「そっか」

頷くと、瀬戸内さんはわたしの肩を軽くぽんと叩いて松戸さんに向き直った。触れられた肩を気にしながら、わたしは彼の横顔に視線を投げる。

……そうか。本当に、こういうことに慣れているんだ。

わたしがクマのぬいぐるみに襲われていた時も、瀬戸内さんは躊躇なく窓ガラスを割った。慣れていなければ、瞬時に人の家のガラスを割る判断をするのは無理だろう。

「松戸さん。とにかく、話してくださってありがとうございます。なんとか対処してもらえるように掛け合ってみます」

「た……助けていただけるのか、妻を」

「お約束はできかねます」

冷めた声に、え、と松戸さんが目を丸くした。わたしも驚き、顔ごと瀬戸内さんを見る。奥さんが失踪して憔悴している人になんて冷たい言い方を。

「世の中に絶対はございませんので。特にこういう、怪異や怪奇現象には。……奥さんがどこかに囚われてからの時間が一日足らずでも、『向こう』では何年も経っているという例もある。時間表示もおかしくなっていたでしょう」

「そんな……」

青褪める松戸さんに、「ただ」と彼は続ける。

「できる限りのことはいたします」

「……そう、か」

その言葉に松戸さんは姿勢を正すと、「よろしく頼みます」と言って頭を下げた。

## 3

「やっぱり例の『駅』って、『隔世』なんでしょうか」

会社に一度戻り、わたしはさっそく聞いてみる。

「そ。朝陽の時は部屋そのものが異界化して、外部から遮断された空間になってたもろい異界だったけど、今回はもう少しやばいかもしれないな」

「やばいんですか……」

「うん、やばい」

「それで、あの、わたしたちが実地講習をするのって……」

「その駅だなあ」

アッハッハと心底楽しげに笑う瀬戸内さん。なんということだ。

人が一人失踪している謎の異界──間違いなく怪奇現象のせいでできた場所──に、正真正銘のド素人を放り込もうというのか。

「そんな怖がらなくて大丈夫だって。俺の推測が正しければ、とんでもない化け物が襲って来たりとかはしないはず。だから研修にいいかなと思ったわけだし」

「……本当に？」

「信用ないなあ」

ジト目で見ると、わざとらしく彼が唇を尖らせる。何も知らないわたしを騙して、呪術師を捕まえるための餌にした人が何を……。

だが、文句を言ってばかりでも仕方がない。

松戸さんの奥さんを助けられるのがわたしたちだけなら助けるべきだと思うし、それならばいずれにせよ早くその『駅』に行かなければ。

わたしは覚悟を決めると、瀬戸内さんを見た。

「瀬戸内さんの言う『推測』って何なんです？　どうして化け物が襲ってこないってわか

るんですか」

「相変わらず切り替えがはやいなぁ朝陽は」

にやっと笑った瀬戸内さんが、「そうだなぁ」と顎に触れる。

「化け物、つまり隔世を作り上げた怪異とか、出会ったら危なそうなモノがいる可能性はあるけど。目を合わせると即死！　みたいな怪物はたぶんいないと思うんだよね。聞いた話から考えると」

「聞いた話、というと？」

「この『駅』さ、既存の都市伝説を想起させるんだよ。変質して、新しい隔世を作ってる、っていうか」

――既存の都市伝説。

なんだか聞いた話だな、と思いながら「それって？」と聞く。

「『きさらぎ駅』っていう有名な都市伝説だよ。二〇〇四年に掲示板で話題になって、そのまま世間に広まった。オカルトに興味がある人間なら間違いなく聞いたことがあるってくらい、よく知られてる話。……概要は、普通に電車に乗って帰宅途中だったはずが、気づけば存在しないはずの無人駅に降り立ってしまった、というもので」

「奥さんが遭遇した状況にそっくりですね」

話を聞くに、その『きさらぎ駅』というのは、実際に体験したことがある人が複数いる怪奇現象のようだ。もちろんオカルト的なことだ、どこまでが事実であるのかを確かめる術はない。が、途中で掲示板の書き込みが絶えてしまった人もいたらしい。不穏な都市伝説だ。

「ネット上で語り継がれてきた話だから、いろんな説があるんだよ。きさらぎ駅の前の駅は『やみ駅』、後の駅は『かたす駅』だったとか。近くに自動販売機があるとか、片足の老人が立ってるとか、トンネルがあるとか。やみは黄泉《よみ》を、かたすは根《ね》之《の》堅洲《かたす》国《くに》を指していて、電車はあの世ゆきだとかなんとか」

「あの世ゆき……」

「ま、八割デマなんだけど。とはいえ、神々もそうだけど霊的な存在っていうのは、人に知られるほど力が強くなる傾向にあるわけ。怪異も『きさらぎ駅』ももれなくそう。きさらぎ駅に関しては何度か委員会が調査に行ったけど、あまりに人口に膾炙《かいしゃ》しすぎたせいか、噂の数だけ異界ができて、完全な封鎖は終わってないらしいよ」

「うわ」

ぞっとする。

瀬戸内さんがほら、と言ってスマホを渡してくれる。そこに表示されていたのは調査報告書と書かれた書類の写真で、そこには確かに『種別：異界型怪異　隔世形態：駅もしくはその周辺　状態：封鎖作業中』という記述がある。

「それじゃ、やっぱり、今から行くところって危ないところなんじゃないですか……？」

「いや、松戸さんの奥さんが迷い込んだ隔世はきさらぎ駅によく似ているけど、きさらぎ駅じゃないよ。文字化けした駅名も、駅から出られないというのも、それから、時間が経つにつれ自我が曖昧になっているのも、既存の都市伝説とは離れてる。きさらぎ駅の伝説には、祭囃子《まつりばやし》が聞こえてきたら逃げろとか、出会ったら死ぬ、とかいう話もあるんだけど。松戸さんの奥さんの投稿ではそういうのもなさそうだ」

「じゃあ、きさらぎ駅とは別に、新しく作られた隔世ってことですか」

「かもね」

あと、と瀬戸内さんが目を細めて椅子の上で脚を組んだ。

「あの奥さんの投稿内容、少し気になるんだよなあ」

「気になる？　なんのことですか」

「……いや、まあそれは後にしよう。考えすぎかもしれないし。まずは救出が最優先だ」

とにかく駅まで行こうか。

そう言う彼に、戸惑いつつも頷く。

確かに、行ってみないと何もわからない。腹をくる必要があるようだ。

◈

翌日、カフェの最寄り駅に足を運び、乗り込んだのは人の少ない下り線だった。人が多い時刻だが、座れるくらいに電車内は空いている。

わたしと瀬戸内さんは四号車の真ん中辺りに座ると、電車が動き出すのを待った。

「……あの、瀬戸内さん。本当にここで座ってれば、その、例の『駅』につくんですか」

「たぶん。松戸さんの奥さんが使うのはこの線だそうだし、今は十八時、逢魔《おうま》が時だ」

逢魔が時。夜明けと黄昏は、人ならざるものの世界――夜の世界と、人間の世界――昼の世界が交わる時間であると言われているそうだ。

「でも、夕方六時に必ず隔世に連れて行かれちゃうなら、もっと被害者って多いんじゃないですか」

「そりゃそうだ。だから、こういう言い方で合ってるかは微妙なところだけど、隔世に行くには怪異に『選ばれ』なきゃいけないんだよね」

「じゃあ、松戸さんの奥さんは『選ばれた』、ということなんですか」

「朝陽みたいに呪術師に狙われて異界に導かれたんじゃない限りね」

なんてことを言うのだ。

「嫌な冗談やめてくださいよ……」

「ははは、ごめんごめん。なんにせよ、体質、持って生まれた霊力、のほかに、隔世の在り方に同調する強い思念を抱いていることとかも、選ばれる要因になるからね。松戸さんの奥さんはそれらのうちの何かが嵌《はま》ったんじゃないかな？」

だとしたらわたしたちも『隔世』に行くには、『駅』を作った怪異に『選ばれ』なければならないということだ。いつもならもちろんゴメンだけれど、今回はできるだけ早く隔世に踏み込む必要がある。

……まだ他に、隔世に行くための条件みたいなのがあるんだろうか？

それを尋ねてみると、彼は「鋭いな」と言って笑った。

「あるとは思うよ。ただ、今回はそれがわからない」

「え、わからないって……じゃあどうやって松戸さんの奥さんのいる隔世に辿り着くんですか」

「そう焦るなよ」チッチッと、瀬戸内さんが人差し指を揺らす。「確かに隔世には誰でも選ばれる可能性はあるけど、確率なんてものを出そうとしたら飛行機が墜落する以上に低くなるさ。……けど俺たちはそこに行ける。なんてったって隔世調査委員なんだから」

言うなり、瀬戸内さんは巾着袋の口を開けた。乾燥された桃の種や二五〇ミリリットルのペットボトルに入った桃ジュース、小さな紙包みにされた塩をかき分け、底にあった丸い玉を取り出す。

車窓から差し込む西日を受けてきらきらと輝く玉は驚くほどに綺麗だ。

「……これ、ロッカーの中の事務室に行く時に持たされたものと同じもの？」

「そうそう、目敏《めざと》いな。これは割と重要な神具なんだよね。『選ばれる』可能性を極限まで引き上げることができる優れもの。うちの上層部のヒトが作ったらしいんだけど」

俺も持ってる、と同じような水晶玉を瀬戸内さんが掲げてみせる。クマのぬいぐるみの時も、ズボンのポケットに入れていたという。

わたしはじっ、ときらきら輝く水晶玉を見つめる。

さっきのサクヤさんといい、この水晶玉を作った人といい、委員会上層部が本当に謎だ。あまり深掘りしないほうがよさそうな空気さえ感じる。

瀬戸内さんはどうして、そんな――謎の委員会に入ろうと思ったんだろうか。

「どうした、朝陽」

瀬戸内さんが怪訝そうに小首をかしげる。

それを見て、わたしは少し迷ったが……聞いてしまうことにした。

「どうして瀬戸内さんは、隔世調査委員会に入ることにしたのかな、って」

「あー、それね」

瀬戸内さんは何かを思い返すような遠い目をして言った。

「俺、ここで捜したい人が二人いるんだよね。再会したい人と会ってみたいヒト」

「捜したい人、ですか」

「そ。特に、」

――『あの子』には、返したいものがあるから。

小さく呟いた声が、宙に消えていく。

## 4

「——さひ。おーい、朝陽？」

「あ」

自分の名前を呼ぶ声に、ゆっくりと意識が浮上する。ぱちぱちと瞬きをすると、「お、起きた」と耳の近くで声がした。瀬戸内さんの声だ。

どうやら、電車に揺られているうちに寝入ってしまっていたらしい。

慌てて身体を起こすと、瀬戸内さんがふー、と息をつきながら肩を回す。……勝手に寄りかかって、しかも肩を借りてしまっていたようだ。わたしはあわてて謝る。

「わっ、ごめんなさい」

「いいよいいよ俺も寝てたし。なんか途中で眠くなったよな」

彼はこともなげに言うが、異性の肩を借りて眠ったなんて、わたしにとっては一大事だ。瀬戸内さんは人気者だ、やっぱりこういうシチュエーションも慣れているんだろうか……と思いながら、熱くなった頬を手で冷ます。

「朝陽も気持ちよさそうに寝てたよね」

「や、やめてくださいよ……」

普通に恥ずかしい。顔を伏せて縮こまると、瀬戸内さんがカラカラ笑った。

「あ、ほら。着いたみたいだよ」

「！」

その言葉に、はっとして周囲を見回した。

辺りはほとんど真っ暗で景色もよく見えない。いつの間にか周りの乗客の姿がなくなっており、電車内には異様に重たい空気が漂っていた。

着いた、と彼は言った。

ということは、もう、ここは隔世——例の『駅』ということか。

「さ、委員会も未踏の隔世だ朝陽！　楽しみだなあっはっは」

「………………」

前言撤回。

異性の肩を借りて眠る、あるいは眠る異性に肩を貸すという少女漫画のようなシチュエーションも、舞台が異界ならときめくはずもない。

げんなりしていると、不意に電車が止まった。そして、ぎぎ、と妙に軋んだ音をたてて自動扉が開く。……ただ扉が開いただけなのに、既に不気味だ。

「さっ、降りよう！」

「恐怖心がバグってる……」

「こんなもん慣れだよ慣れ。いっぱい行くうちに怖くなくなるから平気平気」

「……瀬戸内さんも最初は怖かったんですね。意外です」

「俺のことなんだと思ってんの？」

ちょっとやばい人だと思ってる――なんてことを正直に言えるはずもなく、わたしは曖昧に微笑んだ。

二人で電車を降りると、まるでわたしたちが降りるのを待っていたかのように、わたしがホームに降り立った瞬間に扉が閉まった。

再び走り出し、ホームから離れていく電車を見送る。電車が消えていった先はただただ真っ暗な闇が広がるばかりで明かりは何もない。静かで重いただの闇――あるいは、無。

辺りは薄暗い。空は赤の混じった紫で、なるほど黄昏時らしい不気味な色だった。

「間違いなさそうだな。ここが『駅』だ」

「……あ」

瀬戸内さんの視線の先には、古びた駅舎の壁に掛けられた、駅名を示す看板、否、駅名を示していると思われる看板があった。

ところどころが錆《さ》びついたその看板には、確かに文字が書かれていた。

しかし。一文字一文字はきちんと日本語で、普段使っている文字であるはずなのに駅名が『読めなかった』。

――■■■■■駅　前　■■　次　■■■

文字列にした瞬間に、認識できないようになっている。文字が並んだ瞬間に、その単語が『わからなくなる』のだ。

「……きもちわるい」

まるで脳が、得体の知れない何かから、直接干渉されているようだ。

わたしのものであるはずの思考が、何者かに無理やり操られているような、そんな感覚。

「まあこりゃ『文字化け』って言うしかないなあ」瀬戸内さんがスマホを構えて、次々と写真を撮りながら言う。「それ以外に伝わりやすい表現が見つからない」

「……余裕ですね」

「まあ、さっきも言ったけど慣れだからこんなのは」

こんな現象に慣れるようになるのか……。

研修の段階で既にハードすぎる、とげんなりとしながらも、わたしは再びちらと看板を見た。

やはり、読めない。何が書いてあるのか、理解できない。

「んん、やっぱ撮れないな。画面が真っ黒だ」

「本当だ……」

瀬戸内さんがスマホのカメラロールを見せてくれるが、撮られたばかりのはずの写真は目の前の風景を写してはいなかった。ただただ真っ暗な画面を晒しているだけ。松戸さんの奥さんの投稿にあった通りだ。

「ま、さっそく奥さんを捜さないとな。あんまり長居してると、木乃伊《みいら》取りが木乃伊にな る羽目になりかねない」

「……どういう意味です、それ」

「そのまんまのい〜み」

にこりと笑った瀬戸内さんが、「なあ朝陽」と言って目を細める。

「俺は瀬戸内詩矢で、君は近澤朝陽。ここには、松戸さんの奥さんを捜しに来た。それで合ってるよな？」

「そう、ですけど。それが何か」

「そのことを、しっかり覚えてて。隔世《こういうとこ》じゃ、自分をしっかり持ってないと——引きずり込まれるから」

ね？

朗らかな口調で、かつ浮かべているのは笑みであるはずなのに、彼の声も目も一切笑っていない。

そのことに気づき、わたしはごくりと唾《つば》を飲み込んだ。

◈

人の気配のないホームをゆっくりと進む。しんと静寂に満ちた駅は何もないのにただただ不気味で、もし一人だったらと考えると鳥肌が立ちそうだ。

「券売機もやっぱ読めないいな」

「そうですね」

『■■■を選■■くだ■■　⇓■■■■　■■■■』

だめだ、メニュー画面から既に、認識できない文字列で埋まっている。わかる言葉のはずなのにまったくわからない感覚はやはり気持ちが悪くて、わたしは無意識に口をおさえる。

ホーム中央までやってくると、隣接している改札に辿り着いた。

交通系ＩＣカードはやはり使えないようだった。切符もないので普通なら通れないが、改札さえ乗り越えてしまえば、ここから外に出るのは可能かもしれない。

わたしは隣を見て「あの」と声をかけた。

「……改札の向こう、行ってみます？」

「オススメはしない。ほら、あそこ。見張りもいるし」

「え？」

見張り？　と思って彼の指さした方向を見ると、薄暗い駅員室に、制服姿の長身の男が立っていた。

「ヒッ」

思わず声を上げて後ずさるが、よく見るとソレは男ではなく、どうやら駅員の制服を着た古びたマネキンのようだった。顔はよく見るとのっぺらぼうだったが、それは確かに『こちらを見ていた』。それがはっきりとわかった。

だって、目が合ったのだ。マネキンには目がないはずなのに。

「うう、もう嫌になってきました」

「がんばれがんばれ」

瀬戸内さんが軽い調子で言う。

わたしはまたげんなりして、そこでふと、ホームに自動販売機があるのを見つけた。

「あれ……」

それを見ていると、途端、猛烈に喉が渇いてきた。水が飲みたくてたまらなくなる。

あ、あ。どうしよう。どうしよう——何か。

なにか。なんでもいい。今すぐに何か飲みたい。

ふらふらと自動販売機に近づいていくと、「コラコラ」とすかさず腕をつかまれる。

「隔世のものは絶対飲み食いしたらダメ。黄泉竈食《よもつへぐい》になっちゃうから。食べるってことはそこの共同体に属するってことを意味するのな。つまり『隔世の存在』になっちゃうから百パーアウト。わかる？　一生『こっち』に戻って来られなくなるよ」

「でも喉が」

「渇いたならこっち。桃ジュース」

はい、と手渡されたペットボトルの蓋を開け、ジュースを喉に流し込む。するとすぐに頭がすっきりして、同時にひどくゾッとした。

視線の先には、つい数秒前までひどく焦がれていた自動販売機がある。サビ付き、ウインドウが汚れた汚い自動販売機。

……わたし、なんでこんな不気味な場所の飲み物、買おうとしたんだろう。

「うう」

「うーん、高い耐性があるはずなのに『誘われる』のか」

瀬戸内さんが肩を竦める。「隔世への無理な招待や直接的な攻撃には強いけど、意志に干渉する間接的な攻撃には弱いとかなのかもな」

「意味不明な体質ですね、わたしの身体……」

「まあ、そのうち体質の謎も明らかにできるよ。他のところも見て回ろう」

彼はそう言い、線路の方を見た。

そして軽い足取りで黄色い点字ブロックの外側に立ち、しゃがんで下を覗き込む。線路があるはずのホームの下は奈落の底のように暗く、何も見えない。

少しでも動いたら、落ちてしまいそうだ。

「えっ、ちょっと。そっちは危なくないですか」

彼の名前を呼んで止めようとして——そこで、わたしは口元を押さえた。

……、え？

「うそ」

顔から血の気が引いていくのがわかる。思考がまとまらずに、パニックになる。

待って。どうして、なんで？

「だれ、だっけ」

……なぜ、彼の、名前がわからないの？

は、は、と浅い呼吸を繰り返す。

どうなってる。さっきまで確かに、彼の名前を呼んでいたはずだろう。

……だめだ、頭の中がこんがらがって、どうしようもない。何も考えられない。

目の前に立つ彼の名前がわからない。そこに立ったら危ないと伝えたいのに、ぐるぐると思考がかき混ぜられるようで、声が出ない。思わずその場にへたり込む。

ずしゃ、という音に、彼がこちらを振り返ったのがわかった。目を丸くしている。

「朝陽？」

……あさひ？

それは、わたしの名前なのだろうか。いや、そのはずだ。……そう、だっただろうか？

そもそもわたしは、どうしてここに来たんだっけ？

「おい、朝陽、しっかりしろ！」

目の前の青年に肩を強く摑まれる。色素の薄い両眼と、正面から視線がぶつかる。

「近澤朝陽！　君は高い怪異への耐性を持ち、今回調査委員会の研修として松戸さんの奥さんを捜しにこの隔世に来た！　そして俺は瀬戸内詩矢、君の同僚だ！」

「あ……」

「隔世の空気に呑まれるな。自我をしっかり持てっ」

怒鳴られて――ぱちん、と目の前で閃光が弾けた気がした。

そうだ。

わたしは、朝陽。近澤朝陽だ。

委員会のＯＪＴ研修で、松戸さんの奥さんを助けるためにここに来た。そして同行してくれていたのは、瀬戸内詩矢。イケメンで人気者だが、冷徹なところもある、摑みどころのない人。

……どうして忘れていたんだろう。忘れるはずのないことだ。

「わたし、今」

「よしよし、戻ってこれたな。大丈夫か？」

幾分か安堵したように、瀬戸内さんが笑う。

まさか、わたしはまた自動販売機の時のように、おかしくなっていたのか。

自分の名前さえわからなくなるなんて。これが『引きずり込まれる』ということ――。

「瀬戸内さん、ありが」

言いかけたその時だった。

瀬戸内さんの身体が、突然かしいだ。

「え⁉」

うわっ、と大きな悲鳴を上げた彼が、『何か』に引きずり込まれる。

ホームの下に、吸い込まれるように消えていく。

「瀬戸内さんっ」

叫び、わたしもホームの縁《ふち》に駆け寄る。下を覗き込んでみても、ホームの灯りがあるはずなのに、新月の夜のように真っ暗で、瀬戸内さんがどこにいるのかもわからなかった。

でも、ここで立ち止まっているわけにもいかない。

わたしは覚悟を決めると、ホームの下へ行くべく、そこからゆっくりと降りた。ホームはそこまで深くなかったらしく、着地の際の衝撃はそこまででもなかった。

「うわっ」

足に伝わる、ぐにゃりとした感触に、わたしは思わず呻いた。

ホームの下には線路と地面の上で蠢《うごめ》くたくさんの『何か』がいたのだ。足に伝わる感触のおぞましさに全身が強張る。

ありがたいのは、『何か』はわたしの方にはほとんど寄ってこないことだった。むしろ、じわじわと避けていっているようにも見える。チラッと見えた赤黒い腕のようなソレをできる限り見ないように、わたしは視線を上げた。

「暗い……」

見渡す限りの闇というわけではないが、黒い『何か』が蠢くせいか、ほとんど地面は見えない。わたしはスマホのライトをつけ、足元を照らした。

するとその時、誰かの呻《うめ》き声が聞こえてきた。

間違いない。今のは、瀬戸内さんの声だ。

わたしは、黒く蠢く『何か』を踏んでしまう気味の悪さに耐えながらも、慌てて声の方向に走る。

「瀬戸内さん！」

果たして、彼はそこにいた。

否、倒れていた。――その黒く蠢く『何か』にまとわりつかれた状態で。

瀬戸内さんは意識がはっきりしていないようだった。捕食するかのように覆いかぶさる『何か』に対しても、低く呻くだけで抵抗していない。

まとわりつく『何か』に隠され、ほとんどその姿は見えなかったが、かろうじて確認できる彼の足首には、赤紫色になった指の痕があった。

（この触手みたいな物が引きずり込んだ……？）

わたしは彼を助けようと一歩前に踏み出そうとして、

『■■　■■■　■■■』

瞬間、『何か』が、奇妙な声を発してぐにょりと激しく形を変えた。

わたしは本能的に理解した。

――こいつ、瀬戸内さんを取り込もうとしてる。

わたしは、『何か』がわたしを少しずつ避けたことで見えた裸の地面に立つ。すると、瀬戸内さんに向かってその指を伸ばしていた『何か』が離れた。

やっぱり、こいつら、わたしを狙ってこない。これが瀬戸内さんの言っていたわたしの『体質』の効果なのかもしれない。

「瀬戸内さん、瀬戸内さん起きて！　早くっ」

わたしは気を失っていた瀬戸内さんの肩を強めに叩き、耳元で叫んだ。まもなく、瀬戸内さんが瞼《まぶた》を開く。「うっ……あ、朝陽？」

「よかった、早くここから出ましょう。上へ！」

「っああ」

軽くかぶりを振った瀬戸内さんが跳躍一つでホームへ上がる。

さすがの運動神経に驚いていると、彼はすぐにわたしをホームへ引き上げてくれた。

黒い『何か』はホームまでは上がってこないらしく、とりあえず二人でほっと息をつく。

「……はあ。思った以上にまずいところに来たらしいなあ」

「どういうことですか」

「隔世にも危険度があって、俺たちみたいな下っ端は、比較的危険度が低い隔世の調査を任されるのが普通。でも今回は想定していたより、この隔世が危ないとこだったってこと」

なるべく早く脱出しなきゃ、本気で俺たちの身も危ないかもしれないと、瀬戸内さんがホーム下で蠢いている黒い『何か』を見下ろして呟いた。

その『何か』の動きはまるで、ホームに落ちてくる誰かを待ちわびているようだ。

「たぶんあの黒い腕の集合体、あれはこの隔世で死んだ人間の念が具現化したものだ」

「えっ」

「この国じゃ、血や死は穢れとされる。だから死者の念にまみれた隔世は危険度が跳ね上がる。他の怪異を呼びやすくなるし、何より、生きている人間を『向こう側』に招待しようとするから。死者たちに悪意があろうとなかろうと」

　確かに瀬戸内さんの足首には、何かに摑まれたような痕があった。

　ということはあの、たくさんの黒い腕は、生者である瀬戸内さんを『自分たちのいるところ』へ呼び込もうとした、ということなのか。

「これじゃ正直なところ、松戸さんの奥さんが生存している可能性は低いかな」

「そんな。どうしてですか」

「自衛手段のある俺も、少し油断しただけで『向こう』にお呼ばれしそうになったんだ。そして、奥さんの最後の書き込み『おちる』が意味するところを考えると」

　はっとした。

　ここは古くて狭い駅だ。改札の向こうがどうなっているのかはわからないが、駅構内に『落ちる』場所なんかない。

　――ホーム下。生者を引きずり込まんとする死者の念が蠢くそこを除いて。

「朝陽はどうしたい」

「……わたし、ですか」

「俺はここで引き返した方がいいと思う。死者の念に取り込まれた可能性が高いとすると、被害者の生存率も低いし。先輩としても、研修中の後輩にこれ以上調査を続けさせるのは避けたい。……でも、朝陽は違うんじゃないかって思ってさ」

「えっ」

「本当なら引きずってでも帰還するんだけど。さっき助けられた礼もあるし、朝陽がまだ捜したいって言うなら付き合うよ」

朝陽は、どうしたい。瀬戸内さんはもう一度、ゆっくりと繰り返した。

わたしは、どうしたいか、か。

黒い腕が蠢く、ホーム下を見る。こんなところ、気持ち悪い。この上なく気味が悪い。

——けれど。

「助け、たいです」

わたしは、一緒に『こっくりさん』をやった友人たちに、何もしてあげられなかった。彼らが面白半分に儀式を試したしっぺ返しに遭ったというなら、わたしも一緒に罰を受けるべきだったのだ。それなのに、わたしだけが助かってしまった。

だから少なくとも、まだ生きているかもしれない人のことは、諦めたくない。

「わかった」

彼はわたしを見て苦笑すると肩を竦めた。

「助けよう」

「瀬戸内さん……すみません、わがままを言ってしまって」

「いいよ、朝陽ならそう言うと思ってたし。俺も想像以上に危険なとこに連れてきた負い目はあるしさ。まあ、これからもっと危険なところに飛び込ませようとしてるわけだけど……ま、どうにかなるさ」

　俯いたわたしの背をぱしっと叩くと、瀬戸内さんはおもむろにスラックスのポケットに手を突っ込んだ。そしてわたしが渡されたような巾着袋より、一回り小さいサイズのものを取り出す。そして中身を頭からかぶり、わたしにもふりかける。

　袋の中身はどうやら塩だったようで、こぼれた小さな白い粒が足元に落ちてきた。

「六根《ろっこん》清浄《しょうじょう》　急急《きゅうきゅう》如《にょ》律《りつ》令《りょう》」

　彼は袋を再びしまうと、胸の前で印を組み、何事か呟いた。

　自分の周りの空気が清涼になった気がして、わたしは呆然として瀬戸内さんを見る。

「すごい。今のって」

「陰陽師《おんみょうじ》の使う呪文みたいなやつだと思って。『早急に眼、耳、鼻、舌、身体、心を清めよ』って意味。霊力を込めた塩と組み合わせればそこそこ効果がある」

　さ、行こう。

　そう言うと、瀬戸内さんは何の躊躇もなく、ホームの下に飛び降りた。

——瀬戸内さんの言葉通り、塩の効き目は素晴らしかった。

わたしはともかく、瀬戸内さんには手を伸ばしていた黒い『ソレ』も、今度は避けるように道を作っている。

ただしその魔除けもそう長くはもたないらしい。だから、一度の探索で、しかもできるだけ早く見つけなければならないタイムアタックだ、と彼は言う。

「ヒントはSNSの投稿だけだ」スマホのライトで足元を照らしつつ、線路上を走る瀬戸内さんが言う。「それを手がかりにどうにか松戸さんの奥さんを見つけなきゃいけない」

「でも、投稿には奥さんのいる場所は書いてなかったですよね」

「そう。でも推測することができないわけじゃない」

周囲を這い回る腕を飛び越え、瀬戸内さんが足を動かしながら、後方のわたしを振り返る。

「松戸さんの奥さんは、意味のわからない場所に閉じ込められて、震えて立ち止まってるだけじゃなくて、一応あちこち探ったみたいだった。券売機も確認したんだったら、どこかに出口がないかも見回ろうとしたはず」

「じゃあ、いるとしたら電車の乗降口というよりは……」

「そう、駅の端だ」

わたしたちが降りた時、電車の車両編成は変わっていた。乗った時は八両編成だったものが、二、三両あるだけだった。……となれば、狭い駅とはいえホーム端で電車を降りたのだから、もう一方の端まではそれなりに距離があることになる。そして、その途中に券売機と改札があった。

　改札以外に外に出る方法を考えるなら、ホームから線路に降りて、線路伝いに外を目指すしかない。しかしホームの下は真っ暗で、あの死者の念の集合体——黒い腕の群れを知らなくとも、飛び降りる勇気はそうそう出せないはずだ。

　となると、脱出方法を考えるならばホームの端から端までを調べようとするだろう。そして、端から端まで見て、どうやって外に出ればよいのかわからなくなり、『全然外に出られない。どうすればいいの』という投稿をしたのだ。そしておそらくその後に、彼女は自分を見失い、隔世に『引きずり込まれて』しまったのだ。

　わたしがあの時、瀬戸内さんの名前と自分の名前を忘れてしまったように。

「このあたりだな」

「はい」

　ホームの下の端に辿り着き、わたしたちは顔を見合わせる。そして、余った清めの塩や桃の種をぶつけながら、足元で蠢く黒い『ソレ』を追い払う。追い払いながら、スマホのライトで、松戸さんの奥さんを捜す。

「いないいな……」

　腕に取り込まれ、『向こう側』に招かれた人はどうなるのか。消えてしまうのか……そんなことを考えてしまいそうになる思考を、「早く見つけないと」で塗りつぶす。

考えろ、考えろ。

黒い『何か』から逃げようとしても、瀬戸内さんのように線路からホームにすぐ上がれるような人はそういない。落ちて引きずり込まれた時、もし上に逃げることができないのだとしたら、ホーム下のどこに逃げ込もうとするのか。隠れられる場所はどこだ。

「っ、くそ」

「瀬戸内さん！」

短く舌を打つ音が聞こえたと思ったら、瀬戸内さんがまた、足首を掴まれていた。もう塩の効果が切れてしまったらしい。早すぎる。

しかし、瀬戸内さんの対応は素早かった。

すかさず巾着袋の中に手を突っ込み、残った桃ジュースに塩を全て入れると、思い切り振って、ペットボトルの中身を周りの『何か』に向けてぶちまけた。

『■■■　■■■■■■！』

ジュッ、という音とともに、ジュースがかけられた黒い『何か』が消し飛んだ。

断末魔のような奇妙な声が、耳をつんざく。

(すごい効果。でも)

今のはあまりに胸に迫る音《こえ》だった。とらわれた死人《しびと》の悲哀と恐怖と憎しみが、ごちゃごちゃにまじりあったような。

わけもわからず泣き出したくなるが、ジュースで全てを追い払えるわけでもない。すぐに怪異が、彼の周りを取り囲まんと近づいてくる。

「せ、せと……」

「俺のことはいい、早く！」

瀬戸内さんが思いっきり足を振って摑む手を振り払い、腕を踏み潰す。また、あの絶叫が響き渡ったが、わたしは歯を食いしばって辺りを見回した。

そして、思いついた。

「待避所！」

普通ホームの下には、誤って線路に転落した時に、電車に轢《ひ》かれるのを避けるための隙間が作られていると聞いたことがある。

駅舎自体は古いように見えるが、実際には使えないものの、改札にはＩＣカードをタッチする場所があった。そしてこの隔世は、新しくできた異界。——ならば。

「松戸さん！　松戸百合子《ゆりこ》さん、いますか！」

待避所を探しながら、声を張り上げる。

万一助かっていても、もう意識はないかもしれない。それどころか、自分が誰かもわからないかもしれない。それでも。

「うう……」

そしてそのとき。

どこからか、か細くだが呻き声が聞こえた。

「松戸さん！」

声を頼りに、すぐ近くにあった待避所を発見する。

そしてそこには、女性が真っ青な顔で座り込んでいた。彼女の足元には、『何か』がうじゃうじゃと蠢いている。いや、すでに膝のあたりまで、黒い『何か』で埋まっていた。

「瀬戸内さん、見つけましたっ」

「うそだろ、生きてたの？」

「はいっ。松戸さん、助けに来ました。もう大丈夫ですよ」

わたしは彼女を揺さぶり、なんとか立ち上がらせようとする。

「まつど……わたし……？」

女性が、焦点の合わない目で呟いた。

わたしはそれを見て息を呑む。――『引きずり込まれて』しまっている。

「わかりませんか？　あなたは松戸、松戸百合子さん。わたしたちは旦那様に頼まれてここに来たんです」

「わ、たし……いや……いや、こないで」

「敵じゃありませんよ。ほら、手を取って！　ここを出ましょう」

「嫌！　やめて、もういやっ」

必死に手を伸ばすが、女性はひどく怯えたようにわたしの手を振り払う。

（だめだ……）

錯乱しているのか、わたしのことがあの黒い手の持ち主か何かに見えてしまっているようだった。この様子では立たせて脱出することも難しい。

どうすれば正気に戻せるだろうか、と思ったところで、瀬戸内さんが「その人の意識は後だっ」と叫ぶのが聞こえる。

「急げ！　早くここから脱出しなきゃ俺たちもやばい」

「え、で、でもどうすればいいんですか？　このままじゃ松戸さんが」

「水晶玉を出せ！」瀬戸内さんが叫ぶ。「俺たちはそれを使ってここに来た。だから、それを壊して、隔世に『選ばれた』理由を消すことで帰還する。朝陽が触れていれば松戸さんも一緒に帰れる！」

「は──はいっ」

頷き、慌てて巾着袋からあの小さな水晶玉を取り出した。そしてそれを握りしめ、松戸さんの肩に手を置いた。

「叩きつけても割れないけど、足で本気で踏めば割れるようになってる。だから、松戸さんの手をしっかり握って、割る！　いいかっ」

「はい！」

叫び、震える松戸さんの手を掴む。そして水晶玉を地面に置く。

瀬戸内さんが「せーのでいくからなっ」と、声を張り上げたのが聞こえた。わたしは小さな水晶玉の真上に、足を持ち上げる。

「せぇのっ」

パリン。

甲高い音が、同時に響き渡って。

そして、まるでテレビの電源が落ちるように、わたしの意識はふつりと途切れた。

## 5

夕焼け空の下、わたしは畦道《あぜみち》を一人で歩いていた。『夕焼け小焼け』を口ずさみながら、はずむような足取りで。どこかに導かれるように。

そんな時、すすり泣く声が聞こえてきたから、わたしは走ってそこまで行った。

「どうしたの？　どこかいたいの？」

「ちがう。こわい。いえにかえりたくない」

泣き声の主の少年は、すすり泣きながらそう言う。

「おうちがこわいの？」

「おうちじゃない。かえるのがこわい。ゆうがただから、もうよるがくる。よるになったらねむらなきゃいけない。ねむるのがいや」

「ねむるのがこわいの？」

赤い夕焼けの下、その子は蹲ったまま頷いた。ちょっとだけわかるなあ、とわたしは思った。夜は暗いから怖いし、眠ると何もわからなくなるから。

「そっか。なら……」

わたしはその子の前にしゃがみこむと、その子に手を伸ばし――。

◈

がたん、と身体が揺れた。

僅かに浮いたお尻が、固めのクッションに受け止められる感触がして、わたしは目を覚ました。窓の外の景色が見る間に後ろに流れていく。

もうすっかり辺りは暗くなっていて、片側二車線の道路は街灯で照らされている。

わたしはタクシーの、後部座席に座っていた。

「……え？」

「ああ、目が覚めたか朝陽」

戸惑いの声を上げると、鈴を転がすような少女の声がした。そして、助手席から老成した雰囲気の美少女、サクヤさんが顔を覗かせる。

「おはよ。ま、夜だけど。よく寝てたな」

「瀬戸内さん」

今度は横から声が聞こえてきて、肩を跳ねさせる。どうやら後部座席の横には瀬戸内さんが座っていたらしい。

(わたし今、夢、見てた?)

幼いころの自分が、同じ年頃の男の子と話している。そんな夢だった。

珍しい。わたしはあまり夢を見ない体質なのに。

詳細は思い出せないが、実際にあったことなんだろうか。なんだか、大切な話をしたような気がする。話している相手は、どんな子だっただろう。よく、覚えていない。

それにしても、何故わたしたちはタクシーに乗っているんだろう。

確か、わたしは隔世を出るために水晶玉を割って。

そこまで考えて、ハッとする。

「——松戸さんは?」

「安心せい、無事ぞ」

とりあえずは安堵する。帰ってこられていたようでよかった。

「まあ半分ほど『引きずり込まれて』おったがな。もろもろ含めて社会復帰には時間がかかるかもしれん」

「そう、ですか……」

「ま、そのうち記憶も体力も戻るでしょ」青くなったわたしに、瀬戸内さんが軽い口調で言う。「あんなとこにずっといたのに霊障もほとんどないし、帰ってきた時には少しずつ話ができるようにはなってた」

「あ……それなら、よかったです」

「あの人も朝陽と同じように怪異への耐性が高かったみたいだな。だから、後遺症はほぼ記憶障害だけ。なんとかなるよ」

そうだといいのだけれど。

わたしが駆けつけた時、彼女は錯乱状態で、まともな意思疎通ができるような状態ではなかった。わたしを死者と思い、怯え、暴れていた。

だがまあ、こちらに帰ってきた時点で少し回復しているのならよかった。

「後は警察が彼女を守ってくれるよ。うちには警察に顔が利く人も多いから、民事不介入とか言って面倒ごとから逃げることもないいんじゃないか」

「はい……、え？　警察？」

民事不介入？　なんの話だろう。

わたしが目を白黒させていると、「ああやっぱり気づいてなかったんだ」と瀬戸内さんが苦笑する。

「松戸さんの奥さんは、松戸さんからDVを受けて、逃げてたんだよ」

「……え？」

目を見開く。――松戸さんが、なんだって？

「これは奥さん、百合子さんに確認したんだけど、彼女が家を出たのは依頼を受けた日の五日前で、三日前じゃない。五日前に家出をして、近所に知り合いも友人もおらず、行く当てもなくネカフェに泊まっていたらしい。このままじゃだめだと思い、とりあえず遠くを目指そうとして電車に乗り、そこで隔世に選ばれた。それが松戸さんと会った日の前日で、それが投稿の日だ」

「ちょちょ……ちょっと待ってください！」

わたしは流暢《りゅうちょう》に説明する瀬戸内さんを思わず遮った。

松戸さんは普通に、奥さんを案じているように見えた。それなのに奥さんに暴力をふるっていたということなのか。驚愕《きょうがく》で、話が入ってこない。

「ほ——本当なんですか？　松戸……百合子さん本人がＤＶでって、そう言ったんですか」

「それもあるけど、俺はわりと可能性には気づいてた。ま、この夫婦、実はかなり仲悪いんじゃないかなってレベルだけど」

「ええっ。どうして、彼、そんな素振りなんて……」

「だって松戸さんさ、百合子さんがいなくなった時、連絡を待ってはいたけど誰かに連絡した感じがまったくなかっただろ。警察に電話するのは躊躇《ためら》ったとして、百合子さんの友人や百合子さんの実家には連絡すると思わないか？　妻が来ていませんか、とかさ」

だがしなかった、と瀬戸内さんが肩を竦める。

「百合子さんは家族とも友人とも縁が薄かった。松戸さんは依存させて、周囲との縁を切らせ、自分以外に頼る人間がいないように工作していたらしい。外では徹底的にいい人としてふるまって、奥さんが誰かに相談しても『まさか松戸さんがそんなことするはずがない、あなたが悪いんじゃないか』と言われるようにしておき、徐々に奥さんとその誰かの縁を薄くする……みたいなことをしてたそうだ」

「そんな」

「だから、松戸さんはわかっていた。妻が誰かの家に匿《かくま》われているということはない。いずれ金が尽きて、あるいは音を上げて戻ってくるだろうって。だから百合子さんの知り合いにも連絡しなかった」

「………」

絶句する。

「とはいえ、その件では俺も違和感を抱いたくらいだった。松戸さんは方々に連絡したけど、わざわざ俺たちにそれを言わなかっただけかもしれないし。でも一度違和感を持ったら、他の違和感にも気づく。たとえばこの投稿」

瀬戸内さんがSNSを開き、百合子さんの二つの投稿を指さす――『電話もラインも繋がったと思ったらすぐに切れちゃう。SNSしか開けない』『どうしよう。友達にも、両親にも連絡できない』

「松戸さんは百合子さんから電話が来たなんて一言も言っていなかった」

「あっ」

それは、確かに少しおかしい。

確かに百合子さんの投稿には、「友達にも、両親にも連絡できない」とあるが、夫や旦那といった文言はない。

つまり百合子さんは一度たりとも松戸さんに助けを求めようとしていない、ということになる。縁が薄くなってしまっているであろう、親や友人には助けを求めているのに。

「そういうもろもろが引っ掛かってたから、百合子さんを助け出して、話ができる状態になってから、すぐに話を聞いた。そしたら、そういうことがあったって教えてくれたよ。結構悪質ぽかったから警察を呼んで、後のことは任せたってわけ」

「…………」

わたしは、何も言えずに固まる。

じゃあ、じゃあ……もしかして。

わたしが百合子さんを見つけた時、彼女が怯えて暴れたのは。

——わたしをあの蠢く黒い『何か』と間違えたから、ではなかったのではないか？

あの時わたしは、「旦那様に頼まれてここに来たんです」と言って彼女に近づいた。

彼女はそれを聞き、わたしを、夫のもとへ連れ戻すために来た、夫の手先だと考えたから、怯え、拒んだのではないか？

そこまで考えて、脱力する。

わたしは何も気づけなかった。

瀬戸内さんがいなかったら、もしも一人だったら、せっかく逃げてきた百合子さんを、ひどい夫のもとへ親切に送り届けてしまうところだった――。

（結局わたし、何もできなかった）

中学生の頃、何も知らずに友人を失い、以降ずっと自分を恐れて生きてきた。

呪術師に目をつけられたところを助けられて、ようやく自分に向き合って、誰かを助けられるようになりたいと思ったのに。

わたしは、何も変われていない。また、自分の無知で人を傷つけるところだった。

「それで、帰ってきたウタ坊が、妾とタクシー会社に連絡を取ったというわけだ」

「タクシー代も経費で落ちるから、遠慮なく呼びましたァ。死者に触れた朝陽を清めてもらうためにもね」

「まったくかわいげのない坊よ。妾の手が空いていたからよかったものの、まったく。しかも隔世では二人揃って危ない橋を渡ってからに……」

ハァ、とため息をつくサクヤさんに、わたしは居た堪れなくて身を縮める。

「ただまあ、」サクヤさんは少し笑ってわたしを見た。「よう頑張ったな、朝陽」

「え？」

「初っ端の研修で、危険なところに突っ込んでいく無鉄砲さは正直危なっかしいとは思ったが、結果的にウタ坊を助けた。いい働きだったの。試験は合格だ」

（……ああ）

そういえば、これは試験だったか。必死で最後の方はまったく頭から飛んでいたが。

「でも、わたし、松戸さんの問題に気づけなかったのに」

「いきなりなんでも見抜ける新人なぞおらん。あくまでおぬしはウタ坊の補佐で、そういうことに気づくのはウタ坊の役目だ。おぬしは補佐としての役目をきちんと果たし、ウタ坊を助けもした。ゆえに合格なのだ」

「でも……」

それでも、気づくべきだった。

わたしが一人でこの仕事に当たっていたとしたら、と思うと、ぞっとする。

「神とて万能ではないのだからなんでもできぬは道理よ。それでももし悔しいのなら、これからよく人を見ていけばいい」

「そうそう」瀬戸内さんが口を挟む。「大切なのは根性と観察眼」

「根性と、観察眼」

「そんなに心配しなくても大丈夫だって。朝陽は真面目だし、そのうち見るべきものが見えるようになる。もう、一人じゃないんだからさ」

なっ、と瀬戸内さんがばしっと肩を叩く。

いて、と声を漏らしながら、わたしはほっと息をついた。

……そうか。もう、一人じゃないんだ。

だから、誰かを頼っても、いいのか。

「とはいえ、だ」サクヤさんがこちらを振り返り、瀬戸内さんを睨《にら》む。「二人でいたとしても、もう無茶は控えよ。今回は踏み込みすぎだった。若いのだから無闇に命を危険にさらすでない」

「サクヤさん……」

「もちろん、ほどほどにしますよ。俺には目標もあるし、綱渡りして目標が達成できなくなったら困る」

明るい声で答えた瀬戸内さんが、「少し寝る」と言って背もたれに体重を預ける。

……目標、か。捜したい人がいると言っていたが、そのことだろうか。

彼は一体どういう人のことを捜しているんだろう。わたしが何か、手を貸せるようなことはあるだろうか。彼がわたしに、前を向くきっかけをくれたみたいに。

◇

いつの間にか、詩矢も朝陽も寝入ってしまったらしい。

静かになった車内で、少女の見た目をした『何か』は目を細めた。

——今回の件。二人には知らせてはいなかったが、一つだけ気になった点があった。

詩矢によれば、詩矢と朝陽、それから松戸百合子が隔世から帰ってきた時、彼らは電車の中にいたらしい。そして、電車から降りたら、自分が電車に乗るのに使った駅だったと。

そしてその駅の防犯カメラには、一瞬だけ写り込んでいた女の姿があったのだ。

谷塚美萩。これはおそらく仮の名だろう。

人間らしい名前だが、長らく委員会で手配をしていながらも捕えられない呪術師が、ただの人間の女であるはずもない。

なぜわざわざ顔を出した。朝陽の様子を見に来たか？　あるいは単なる敵情視察か。

「面倒なことになりそうだの」

彼女はふう、と息をつき、目を閉じる。

「おぬしは本当に……かの子を何故捨て置いた。なあ、斜陽《しやよう》よ」

# 第三章

# 母の生える社《やしろ》

1

「これがわたしのデスクですか……」

「そお。立派だろー？」

前回のＯＪＴ（酷い目に遭った）で、隔世調査委員会の正式メンバーに認められたらしいわたしは、会社から速やかに異動が申し付けられた。

正社員に昇格したのち、営業部の花形《はながた》の一つ――と思われているらしい――課に異動になったので、上司や同僚たちからは驚かれたり祝福されたりといろいろだ。もちろん一部からは「あんな暗いやつがどんな手を使ったんだ」「会社も疫病神《やくびょうがみ》を恐れたか」という声も聞こえてきたが、正直わたしも非難したい気持ちはわかる。ただまあ、「疫病神を恐れる」ことはないだろう。下っ端を自称する瀬戸内さんですら、わたしを仕事に利用する気満々だ。

「立派すぎてなんだか気後れします……。デスクはやたら広くて大きいし、椅子も革張りだし……」

もちろん、委員会の事務室の話だ。

会社の事務室のデスクはそう広くない。そもそも使っている人がそういない。

「多忙だし命懸けだしで豪華仕様ってわけ。あとデスクはこのくらい広くないと困るから」

「というと？」

「隔世調査のための資料やら報告書作成のためのレポートやらでデスクなんてすぐいっぱいになるんだよな」

　ほら、と言って瀬戸内さんが自分のデスクを見せてくれる。

　確かに書類が山積みだ。とても二年目三年目の若手とは思えない仕事量を抱えていることがわかる。

　隔世調査業務のためには、事前の下調べが肝要なのだという。だからこその山積み加減だ。

「それに、難しい本がたくさん……。これは民俗学の本ですか。こちらは呪術に関する論文集ですね」

「基本的な知識は朝陽にも覚えてもらうから。調査業務がない時はイントラから研修動画見といて。俺も単独調査に行くことあるし、教育係とはいえずっと一緒にいられるわけじゃないからさ」

「研修動画も見られるんですか」

「別に会社の事務室でもいいけど。こっちの方がいい椅子だし高級お菓子もあるし。そこの畳でうつ伏せになって報告書書いてる人とか、仮眠とってる人とかたまにいるよ」

　どうやらここはＷｉ－Ｆｉも飛んでいるらしい。本当にどんな場所だ。

明治大正を思わせる和モダンな事務室でパソコンを開く自分を想像して変な気持ちになるが、シュールさにも意外とすぐに慣れるのだろうか。

「……それにしても本当に人がいませんね」

「夜中に戻ってきたり、朝に戻ってきたり、色々だからなあ。俺は比較的暇な若手だから、調査業務がない時は、普通に朝出勤夕方退勤だし」

「ベテランだとそれがかなわないみたいに聞こえるんですが」

「そう言ってるよ？　そもそも数年単位で家に帰れないでいる課員とか、三日異界にいたら三年経ってたとかもあるしなあ」

「浦島太郎……？」

……思った以上に酷い職場に来てしまったようである。

腹を括《くく》ったはずだけれども、早くもげんなりしてきた。

ふうと軽くため息をつき、とりあえず自分のデスクに座る。大きなデスクの上には、いくつか分厚い研修資料や、神道仏教陰陽道などの入門書が置いてあったが、他の調査委員の方たちのデスクを見たら、覚えるマニュアルが多すぎるなどとは言えない。

わたしはクマのぬいぐるみに襲われた時のこと、そして駅でのことを思い出す。

どちらの時も一度は本気で死ぬかもしれないと思った。——調査委員が、そしてこれから隔世に連れていかれてしまう一般人が、なるべく死なないようにするために、これらの本が与えられるんだろう。自分の身を守るためにも、さっさと読まなければいけない。

（瀬戸内さんも、本とかたくさん読んでるみたいだし……）

チャラそうな見た目なのに、知識が豊富で勉強熱心だ。それだけ仕事に本気だということだろう。

この委員会にいるのは目的があるからだ、みたいなことも言っていたし――。

「あれ」

と、そこで顔を上げ。

彼のデスク上のブックスタンドに並べられている本を見て、わたしは少し目を丸くした。

「瀬戸内さん、その棚の……はじっこにある本」

「え？　どれ？」

「それです。柊良子《ひいらぎりょうこ》の『毒女《どくおんな》』。そういうのも読むんですね。意外です」

「ああこれか」

瀬戸内さんが分厚めのハードカバーをブックスタンドから取り出す。「結構好きなんだよなあ。単純に面白いし、恐怖に対する人間心理の描写が緻密だから、業務の参考にもなるしさ」

朝陽も好きなの？　と問われ、「結構ファンです」と答える。

柊良子の作風はドロドロとした人間ドラマかスリラー、ホラーといったところ。恋愛が絡むことも多い。暗くて重い話ばかりだが、そのストーリーの重厚さや、恐ろしいほどリアリティのあるキャラクター描写で人気を博し、ベストセラー作家の一人と言ってもいい。

「へー。それはちょっと嬉しいかも。なかなか友達には柊良子好きな人いなくてさ」

「ぽいですね」

別に華やかな陽キャが暗い本を読むのは似合わないとまで言うつもりはない。ないが、少なくともたまに社内で見かける瀬戸内さんの友人は、サイコスリラー小説を楽しんで読むタイプには見えない。

そもそも柊良子は、本人の生態がもう既にホラーみたいなところがある。

飢えに苦しむ主人公を描くために飲食を断《た》ってみたり、殴られ蹴られの暴行を受けるキャラクターのために繁華街に踏み入り半死半生になるまで殴られてみたりと、そういったドン引きエピソードには事欠かない人なのだ。リアルを追求するためならなんでもやる。そう言われている。

「まあファンにはそういうエピソード含めて好きだって奴もいるけどな。なんで今まで警察沙汰になってないのか疑問なくらいだから、さすがに脚色もまじってるんだろうけど」

「脚色まじってない本物の実話なら、さすがにちょっと引くかもしれません」

「だよなあ」

暴行を受けるキャラクターの気持ちを理解するために殴られに行くだなんて、さすがに少しどうかしている。

「……それにしても、どうして突然こんな話をし始めたんだっけ」

「それは瀬戸内さんが柊良子作品を持ってたから、わたしが話しかけて」

「それはそうなんだけどさ。この本、ずっとここに置いてたわけじゃなくて、俺が『今日たまたま持っていこう』と思ってここに置いたものなんだよな」

「え……」

「それで朝陽が、こんな端に置いておいた本を偶然目にとめたから話題になったわけだろ。……うーん」

　こういう時って、何かあるんだよなあ。

　瀬戸内さんが書類を眺めながら、そう呟いたその時だった。

「朝陽、ウタ坊、おったか。まったくここはいつでも閑散としておるの。内閣府の連中に人を寄越せともっと叫ぶべきじゃな」

　緑なす黒髪と、白いワンピースの裾を翻し、少女の姿をした上司が入ってきた。

「サク先輩」

「サクヤさん」

「おはよう。元気そうで何よりだが、さっそく仕事が来た。今回すぐに動けるのはおぬしたちしかおらぬということで、対応してもらうぞ」

　詩矢と朝陽、二人で組んで調査すること。そう言われる。

　どうやら各地を回っている委員を通じてもたらされた調査依頼らしい。新人と若手に任せていいのかという話もあったものの、委員会上層部の鶴の一声で多忙でないわたしたちに仕事が振られたとのことだ。

「でも、どんなご依頼なんですか？　人捜し？」

「それもないことはないがな。捜すことができればで構わん。あくまで頼むのは、隔世の調査だ」

「じゃあサク先輩。依頼人はもう？」

「待たせておる」

そう言い、サクヤさんは瀬戸内さんにメモを渡す。

「そこに行くがよい。ちなみに、今回の依頼人は、柊良子という作家の担当編集者だそうだぞ」

「えっ」

思わず、瀬戸内さんと顔を見合わせた。

その瞬間、わたしのスマホが振動する。ニュースアプリの通知を入れっぱなしにしていたことを思い出し、慌ててスマホを取り出して、思わず「あっ」と声を上げた。

『【訃報《ふほう》】人気作家　柊良子さん（52）が急死』

――通知欄に、そう書いてあったからだった。

◈

「ヤナギ社の、菅《すが》ひかりと申します」

サクヤさんに指定された住所は目黒駅近くのカフェで、そこには既に柊良子の担当編集を名乗る女性がいた。四十代にさしかかるか否かといった年頃の、いかにも優秀そうな人だ。

だが、その優秀そうな彼女の顔色は、担当作家の死を受けてかやや青褪めている。

わたしたちも自己紹介をして、柊良子と近しい間柄でもあったという依頼人にお悔やみの言葉を述べた。彼女は気落ちした様子を拭えないままだったが、本題に入ることにする。

「では、さっそくですみませんが……我々の『業務』のことは既にご存じですか」

瀬戸内さんは沈痛な面持ちを前に出しつつ問う。

おそらくとんでもなく偉いサクヤさんにも基本ため口の彼が慇懃《いんぎん》な態度だと少し戸惑う。まあ優秀な人なので、公私でふるまいが違うのは当然かもしれないが。

「あの……紹介いただいた方に、そういう組織があると、概要を教えてもらいました。まさか本当に怪奇現象を調査する公的機関があるなんて」

菅さんは二枚の名刺をまじまじと見つめている。内閣の文字に視線が釘付けだ。

これがお上の御威光というやつか。わたしも含め一般市民にはよく効く。

「一応表《おもて》にはなっていない組織ですので、外部の方には……」

「ええ、わかっています。こちらも大きな声で言えないことですし、その、秘密裏にお調べいただける方がありがたく……」

そう言い、菅さんが一冊の単行本を取り出す。

その表紙には見覚えがあった。つい一週間ほど前に発売された、柊良子の最新作『スノードロップの悲哀《ひあい》』だ。

わたしはまだ購入していないけれど、柊良子の遺作となったことで、書店でも売り切れ続出だとほんの数分前ネットニュースで報じられていた作品である。

「ああ、柊先生の遺作ですね。発売日に買って、すぐに拝読しましたよ」

瀬戸内さんは既読だったらしく、素晴らしい作品でした、と当たり障りのない感想を言う。が、嘘を言っている顔ではないので本音だろう。

「そ、うですか。恐縮です……」

けれどなぜか、菅さんの顔色がさらに悪くなる。瀬戸内さんも怪訝に思ったのか、「どうかしましたか」と彼女の顔を失礼にならない程度に覗き込んだ。

「いえ。今回ご相談したいのは、その作品を読んだ方について、なんです」

「読者について?」

「ええ……」

実は、と。

菅さんはちらちらと瀬戸内さんを見ながら、ひどく言いにくそうに口を開いた。

「その本を読んだ人が、失踪してしまった、という話が、次々弊社に届くんです」

「えっ」

わたしは思わず瀬戸内さんを見た。

だがその瀬戸内さんは平然とした顔で「なるほど」と頷くのみ。

「偶然、家出や蒸発・夜逃げをしたいといった望みを持っていた方々が、『スノードロップの悲哀』を読んだ後に行方不明になった、と。そういうことではないんですね？」

「ええ……。弊社でも、できるだけ情報を集めるようにしたんですが、少なくとも弊社が調べた限りでは、ごく普通の幸せな家庭の、失踪などしそうにない……たとえば妊娠中だったり、小さなお子様がいたり、お友達が多くて趣味もあって、という方が消えた、という話が多かったように思います。もちろん、失踪願望を持った方もいらっしゃったようですが」

「まあ、人にはいろいろな一面がありますから、一見幸せそうに見える方が消えてしまいたいほど大きな悩みを持っていることもあるでしょうが……」

瀬戸内さんが難しい顔で押し黙る。

菅さんの口ぶりでは、行方不明になったという報告は一件や二件では済まないのだろう。柊良子は多くのファンを持つ作家で、当然投書もそこそこの数であることが予想できるし、それほどの数の『一見幸せそうに見えるが実は違った』パターンがあるとも思えない。

「警察にご相談は」

「一応、しました。でも、そういうのは一人一人行方不明者届を出してもらわなきゃ捜索ができない、とのことで……。投書のあった方の一部は行方不明者届が出されているので捜索が始まっているようですが」

もっともだ。そして行方不明者とまったくの無関係であるヤナギ社が行方不明者届を出す道理もない。

「まあ、『スノードロップの悲哀』を読んだから失踪したのかもという話になると、普通は真面目に取り合わないでしょうね。……わかりました。調べてみます。まだオカルト関係かどうかはわかりませんが、お力になれることもあると思います」

「本当ですか」

菅さんが救われたような表情で顔を上げた。

「もしも先生の著作が何か……人を傷つけてしまうようなものでしたら、このままだと早くしないと大変なことになってしまいます」

そして彼女は、そのまま深々と頭を下げた。

「どうぞよろしくお願いいたします。『スノードロップの悲哀』は、先生がずっと昔からあたためていた、大切な作品だったと聞いています。ですから先生も、その本が読者の皆さんを傷つけることは望んでいないはずなんです」

2

菅さんと別れると既に夕方になっていたので、一旦、行方不明の件を調べるのは明日以降に回すことになった。

とはいっても終業時間まではまだ時間があるので、わたしは隔世事務室で研修動画を見よう——と思ったら、瀬戸内さんに『スノードロップの悲哀』を読み進めといて、と言われた。「まだ読んでないんでしょ」

「はっ？　いやでも、これ読んだら行方不明になるかもしれないんですよね」

「大丈夫。俺はなんともないよ。それにもし行方不明になったらすぐに助けに行ってあげるから」

瀬戸内さんがあっさりと言う。

「じゃ、がんばって」

彼はそう言うと、いい笑顔のままで去っていった。何やら調べたいことがあるらしく、誰かと連絡を取るのだとか。

本当、人の扱いが雑な人だな……。

事務室に戻り、うんざりしながらも本を開く。仕方がないから、勤務時間中に好きな作家の本が読める、役得な時間と思うことにしよう。

『スノードロップの悲哀』の概要はこうだった。

まず、若い母親が目を離した隙に子どもが行方不明になってしまう。必死の捜索が続けられるも母親と警察はその子を見つけることはできず、一か月後、その子は好きだったスノードロップの花が植えられた公園で、見るも無残な姿で見つかった。

犯人はすぐに捕まったが、その動機はいかにも曖昧なもので、主人公である母親は到底納得ができなかった。犯人を憎みながらも、知り合いの刑事の手を借り十年以上にわたり独自に調べていたが、ある時、今捕まっている犯人のほかに真犯人がいた可能性に気づく。

そしてようやく真犯人に辿り着いた彼女は、自らの手で真犯人を殺すという復讐を遂げる。主人公が子どもの仇《かたき》を討ったと知った知り合いの刑事は、彼女に自首をすすめる。彼女はそれに頷き、自らの足で警察署に向かうが、その途中で我が子が好きだったスノードロップの花が植えられている花壇があることに気づく。主人公は、その花を見て、いくら復讐を遂げても我が子は戻ってこないのだ、ただ虚しいだけだと悲しみに暮れる。

主人公の涙が零れ、スノードロップの花びらに落ちたところで、終幕である。

「ふー……」

救いがない。

胸が締め付けられるように痛むが、こういうところが柊良子の作品のよいところだとも思う。登場人物の心理描写が巧みで、物語にのめり込むことができる。

彼女の本に登場する人々の悲哀も憎悪も、胸に迫るものがある。だがそれは、当然わたしのせいで生まれたマイナスの感情じゃないので、少しほっとする。自分のせいで人が不幸になるのだと思ってきたわたしには、登場人物の悲劇すら救いになっているのかもしれない。

(相変わらず暗いな、わたし……)

まあ、本に取り込まれなかっただけいいか。

本を閉じ、顔を上げる。一気読みしたせいで、辺りはすっかり暗くなっていた。

「あれ、もう読み終わった？」

「瀬戸内さん」

立ち上がったところで、瀬戸内さんが扉から入ってきた。どうやら、ずっと会社の方の事務室にいたらしい。

「瀬戸内さんも今帰りですか」

「そうそう。まあ仕事持ち帰りするんだけど。今ちょっと調べてもらってた情報が報告として上がってきたから、帰って整理するんだよ」

「え、手伝いますよ」

「いいよいいよ。仕事持ち帰るんだったらそれ持ち帰って読んで」

瀬戸内さんが笑顔で、わたしのデスクに積みあがった過去の事例集や神道などの本を指さす。……遠慮させてもらおう。読書は好きだけどさすがにちょっと疲れた。

暗いし駅まで一緒に行こう、と言われたので二人で最寄り駅まで歩く。同世代のイケメンと夜の道を歩いてる……と思うと不思議な気分になる。

わたしは隣を歩く瀬戸内さんを見上げた。

「あの、何か調べ物をしていたと思ったんですが、何をお調べに？」

「行方不明者の詳細についてだよ。ヤナギ社としても、内閣府の組織とはいえさすがに投書を寄越したやつの個人情報まで提供できないからさ。警察の力借りて情報収集。帰ったら寄越してもらった情報の整理」

「警察っ?」

思わず素っ頓狂な声が出た。

「そう。前も同じようなこと話したかもしれないけど、うちのお偉いさんは警察庁のお偉いさんにも大きな顔できるお方が多いんだよね。桜田門《さくらだもん》の刑事さんの中には、委員会の業務内容を知ってる人も多いし」

いわゆるエスってやつ? 瀬戸内さんはそう言って笑う。

「はあ……刑事が委員のエス、ですか……」

「仕事のためなら委員メンバーは警察も使うぜ。朝陽もそのうち懇意の訳知り情報屋《刑事》を持つことになるって。慣れる慣れる」

「ハハ……」

やっぱり、とんでもないところに異動した。

わたしは一体この一日で何度驚けばいいんだろう。

◇

「さて、ウタ坊。話は聞いてきたのだろう。隔世のせいで行方不明者が発生しているということで間違いはなさそうか?」

翌日。

出勤してさっそく委員会の事務室へ行けば、サクヤさんがいた。サクヤさんは委員のなかでも相当多忙な方のようで、瀬戸内さんは「また来てる」と驚いた顔である。

「もしかして最近暇なんです？　サク先輩に限ってそんなことある？　さぼり？」

「まったくおぬしは昔から口の減らんことよ。委員として初めて後輩を持って浮足立ってないか案じて来てやっているというに」

なあ朝陽、と話しかけられたので、はあ、と生返事をする。

瀬戸内さんは呆れたように肩を竦めてみせる。「いつまで人を五歳の幼児だと思ってるんだか」

（……五歳からの付き合いなんだ）

ということはサクヤさんと彼は二十年近く前からの知り合いということになるが、今十二、三歳に見えるサクヤさんは一体いくつだったんだろう。

「で、本件の連続失踪事件に関して隔世がかかわっているか、だけど。今のところ微妙ってとこですね」

「ほう。微妙というと？」

「行方不明者が隔世に迷い込んでるのか、それとも単純に蒸発したのか。判断がつかないんですよね」

「でも、瀬戸内さん。行方不明者のほとんどは、自発的に失踪するような人たちではなかったんですよね？　それで、その人たちの共通点は『スノードロップの悲哀』を読んだことだった。それならやっぱり、本関係の隔世が原因なんじゃ……」

「けど俺たちはなんともなかっただろ」

それは、確かにそうだ。

発売後一週間で行方不明者が全国で多数発生しているのだとしたら、読んで間もなく失踪した、という可能性が高い。だがわたしも、もっと言えば発売日に購入した瀬戸内さんも行方不明にはなっていない。

「だから俺は、とりあえず行方不明者をリストアップして、共通点がないかを探してみた。もちろん、『スノードロップの悲哀』を読んだら行方不明になったという投書が全て真実だとは思えないし、投書していないだけで行方不明になった人もいるかもしれないことは踏まえた上でな」

そうしたら、と彼は言う。

「行方不明になった被害者は、全員、幼い娘がいる女性だったんだよ」

「幼い娘……」

「もちろん、元から失踪願望を持っていそうな人は除いたら、の話だけどな。救いがない小説だから、影響を受けて蒸発した男性や年配の人もいたけど」

「行方不明者の多くは、そういう……小さな子がいて、幸せな家庭を築いてる女性だったんですね」

わたしが言葉を引き継ぐと、瀬戸内さんが頷いた。

「まあ一部は子育てに苦労して鬱になっている、といった女性もいたそうだけど。でも、警察の調べによると基本的には円満家庭の女性だったらしくてさ」

「それは……不可解ですね」

幼い娘を持つ親が、共通の悩みを持つ女性とネットで知り合い、仲間で集団失踪……という可能性も考えられるが、満ち足りた人が多そうとなるとそうとも言い難い。

「それに、そうなると気になるのは『スノードロップの悲哀』のストーリーじゃないですか」

「そうなんだよなあ」

『スノードロップの悲哀』は、幼い子どもを失った若い母親が主人公だ。そして彼女の子どもというのは女の子だった。娘を誘拐された末に殺されてしまい、真犯人を見つけて復讐するも、娘は帰ってこないと理解して絶望する。

それを考えると、『スノードロップの悲哀』を読んだ若い母親が消えている、というのは、嫌な符合《ふごう》な気がする。

二人でため息をついていると、「なかなか二人でうまくやっておるようだ」とサクヤさんが楽しげに言う。

「……先輩、他人事だと思ってさあ」

「ふふ。だがやはり、その本が何か鍵を握っているのではないかと妾は思うがの。隔世は怪異が作ることもあるが、人間の強い念が作り出すこともある。特にその本の著者は多くの読者を持つ作家。より多くのものに自らの念を届けるという意味では、なかなかその者の右に出る者はおるまいよ」

「柊良子、か……」

瀬戸内さんが行方不明者のリストを見ながら呟く。わたしも『スノードロップの悲哀』の表紙を眺める。

「では妾は自分の仕事に戻る。これ以上ウタ坊にさぼりなどと言われてはかなわんからの」

「あ。ありがとうございました、サクヤさん」

「うむ、がんばれ」

鷹揚に頷き、サクヤさんが扉の向こうへ去っていく。扉といってもわたしたちがよく使う、会社と繋がる方の扉ではなく、奥の大きな扉の向こうへ、だ。

彼女の仕事とはなんなんだろうと思いつつ、瀬戸内さんへ視線を戻すと、今度はわたしの持っていた『スノードロップの悲哀』の表紙を見つめていた。

「彼女はリアルを追求するためならなんでもする作家。逆に言うと、リアルな物語しか書かない、か……」

「瀬戸内さん？」

「朝陽。柊良子の過去について、少し洗ってみよう」

3

過去を洗ってみよう、と瀬戸内さんは言ったが、『洗う』というほどのことをしなくとも、過去、柊良子の身に何があったのかは意外と簡単に調べることができた。

というのも、菅さんに連絡を取ってみたところ、すぐにそれらしい情報がもたらされたからだった。

「瀬戸内さん。やっぱり柊良子は、若い頃幼い……四歳の娘さんを失った経験があったそうです」

「やっぱり、そうだったか」

「はい」

二十数年前の冬のことだったという。目を離した隙にいなくなり、見つからないまま、今に至るそうだ。——とはいえ、二十年以上経った今でも柊良子の娘さんの生死ははっきりしていないようだが。

当時は幼女誘拐ということで新聞記事にもなったらしいが、柊良子の必死の捜索もむなしく、結局娘さんが帰ってくることはなかったという。今は失踪宣告が出され、娘さんは世間的には亡くなったことになっている。

『先生は、娘さんが亡くなって二十年が経つから、娘の供養のためにも、自分自身の未練に区切りをつけるためにもこの小説を書くと言っていました』

菅さんはそう言っていた。

あれほど救いがなく、胸を締め付けるような描写は、彼女自身の経験を書いたものだったからなのだろう。『スノードロップの悲哀』はまさしく、リアルしか書かない作家の真骨頂、魂を削った作品だったというわけだ。

「これはやっぱりベストセラー作家の念が隔世を作り出し、該当者を中に引きずり込んだ可能性が高いかもなあ」

人の手による誘拐にしては、数が多すぎるし期間が短すぎる、と瀬戸内さんが言う。確かに、条件に当てはまる、四歳の娘を持つ母親が既に全国で十人以上行方がわからなくなっている。

人の手によるものだとしたら、同じ目的の人間が一気に誘拐に走った——ということになるが、全国同時多発誘拐というのはさすがに現実的じゃないだろう。

「あの、瀬戸内さん。さっきから気になっていたんですけど、人が隔世を作るのって可能なんですか。怪異が作るとかなら、わかるんですけど」

「霊だって怪異の一つだろ」

「ああ……」確かに柊良子は故人だ。あまりに唐突な死だったので忘れてしまいそうになるが。「まあ、それはそうかもしれませんけど」

「生きてる人間の強い念が異界を作ることだってある。特に霊力が強かったり、天運が強かったりする人は、強い未練や恨みを残してたらそういうの作りやすいんだよなあ」

　だから柊良子が生きてた時から実は隔世自体は存在したのかもね、と彼は言う。彼女ほどのベストセラー作家ともなると、ある種の異能を天から授かっているとも言えるのだぞうだ。

「しかも本っていうのは、もともと異界の入口にされやすい媒体だろ？」

「言われてみれば……物語で、本を通じてファンタジーな冒険世界に旅立つ話ってよくありますね」

「そう。人の中にある程度そういう共通認識ができている上、そもそも本を読むことそれ自体が、自分の意識が本の中身の世界……『異界』に触れる行為でもある」

　だから死んだ柊良子の念が本を通じて条件に合う人間と縁を作り、隔世に攫《さら》うということは有り得る話ということになるのか。

　怖い話だ。怖い話だが、

「それでも隔世を作ってしまうだなんて……柊先生は失った娘がそれほど恋しかったんでしょうね」

「……それだけかな？」

「えっ」

　思わず顔を上げる。違うというのか。

「娘が恋しい、というのはもちろんそうだと思うよ？　幼い娘が行方不明になって傷つかない母親はそうそういないだろうし。小説の内容と、小説を読んで消えた女性の共通点がこうもはっきりリンクしてるんだから、隔世ができていたとしたらそれが原因の可能性が高い。ただ——」

瀬戸内さんがわたしに行方不明者リストを投げ渡してくる。

それをわたわたとキャッチし、資料の一枚目に目を落とした。

まとめられているのは行方不明者のプロフィールと写真のようだった。一枚目の女性の顔写真として使われているのは、小さな女の子と、若い女性のツーショット。そして写っている二人のうち、赤丸で『不明』と強調されているのは、女性の方。

「いなくなったのは母親の方だ。娘ではなく」

わたしは息を呑んだ。

確かにそうだ。娘が恋しい母親の念が隔世を作り出し、人を引きずり込んだのならば、普通ターゲットは娘の方になりそうだ。

いや、待てよ。

「それは単に本を読んだのがお母さんの方だったからじゃないんですか。柊良子は、若い母親を通して娘に会いたいと願ったんじゃ」

「そうかな？　娘を四歳の女の子たちに重ねていたならそこに本物の母親《ヨソの女》を挟む理由がないだろ」

瀬戸内さんは冷淡にそう言う。

「必要がないなら引きずり込む理由もない。……つまり柊良子の念にとって用があったのは、娘がいる母親の方だったんだよ」

「娘がいる母親を隔世に引きずり込みたかった？　それってなんか」

わたしははっと顔を上げた。

「嫉妬……？」

「かもね」

有り得る。柊良子は若くして小さな娘を失った。正確には生死不明だそうだが、少なくとも彼女は死ぬまでに、娘とまた会うことはかなわなかった。だとすれば、かわいい娘を持つ母親を妬ましく思っても無理はないのではないか。自分にはもう愛娘《まなむすめ》はいないのに、と。

悲哀だけでなく妬みや恨みの感情が、その小説に込められていて、それが対象の女性たちに向けられていたのだとしたら。

瀬戸内さんが立ち上がる。わたしもあわててそれに倣う。

「……これから、どうしますか。瀬戸内さん」

「誘拐や失踪じゃなくて、隔世に取り込まれてる可能性が高いなら、まあ」

彼が、手にした巾着から見覚えのある水晶玉を取り出す。古風なシャンデリアの灯を浴び――界渡りの水晶がきらりと光った。

「呼んでもらうしかないでしょ。彼女の隔世《せかい》に」

4

「あーあ、こりゃまた」

ふっ、と意識が浮き上がる感覚とともに瞼を持ち上げると、目の前には鮮やかな朱色に塗られた鳥居があった。

いつの間にかぼーっとしていたのか、あるいは気が遠くなっていたのか、瀬戸内さんの声で目を覚ましたという感じだった。ポケットには界渡りの水晶と、清めの塩や御札、ペンライトなどの入った巾着。

「なんというか、隔世らしい隔世に来たなあ」

「すごい、ですね」

水晶の力でここに呼ばれたのか。

「というか本当にあったんですね。本由来の異界」

わたしは長い石段の上に立っていた。

わたしたちの目の前にある鳥居は、山の中の神社のもののようだった。長い石段を上った先に鳥居があり、その奥に境内《けいだい》と、ポツンと廃屋のような本殿があるのが見える。本殿の周りに咲いている白い花だけがわずかな慰めだ。

空には濃灰色の雲が垂れ込めている。辺りは薄暗いが夜更けというほどでもない。どうやら雲の向こうに、一応太陽のようなものがあるようだ。

しかしどうして神社なのか。『スノードロップの悲哀』には神社の描写なんて一度も出てこなかったのに。

「隔世が神社か……。まあここに神様はいらっしゃらないみたいだから、あくまで人間が作った異界っぽいな」

「そんなこと、わかるんですか」

「わかるわかる。本物を知ってたら神とそうでないものの存在くらい区別できる」

「……」

それって本物の神と会ったことがあるってことですか……？

なんてことは恐ろしくて聞けないまま、わたしたちは鳥居の前に立つ。そして一礼して、境内に足を踏み入れる。

（……うわ）

瞬間、顔を顰《しか》めた。

――のしかかるように、空気が重い。さっきいた石段の辺りにもそこそこ嫌な空気が漂っていたが、ここはまったく違う。

鳥居は神域とそうでないところを区切る門だと、研修のために渡された本でちらっと読んだ。なるほど、ある意味鳥居が本物の異界への入口だったのかもしれない。

「見た目、あの異界駅よりかは狭いでしょうか」

「かなあ」

切り取られたみたいに、神社だけが空間にある。そんな印象を受ける隔世だった。鳥居の外も、まるで切り貼りされたように延々と続く石段だけ。長く続きすぎて、地面は見えない。

「地面には降りられなさそうだし、境内を外れて山の中に行こうとしても進めなさそうな感じ。……朝陽、隔世にいる時大切なことは覚えてる？」

「ええ、異界駅で怖い思いをしたので。自分を見失わないこと、ですよね」

「そうそう」

隔世は自分の存在する世界とは違う世界。自分の存在を定義づけてくれるのが自分の存在しかないから、理性や自意識が曖昧になる。

だから、気をしっかり持っていなければならない。

「じゃ、行こうか。妬まれてここに連れてこられたんなら、柊良子の念ってのは相当執念深い。急がないと攫われた女性たちが危ない」

「……はい」

「つか、もう既に嫌な気配がぷんぷんしてる」

あの奥――と、瀬戸内さんが本殿を指さす。

いや、本殿というよりかはその奥、裏か。雑木林が見える。

「たぶんあの林、ですよね。何かがいる、としたら……」

「ああ、朝陽にもわかる？　感覚がつかめてきたのかもね」

「ええ。なんだかさっきからずっと肌がざわざわするんです」

恐怖も不安ももちろんあるが、どこか落ち着かないのだ。この気持ちは恐怖や不安だけが理由ではない気がする。

これはなんだろう。血が騒ぐ、というのか。鳥肌が立つような。味わったことのない、この感情は高揚――いや、興奮？

（まさか……）

どうしてこんなおどろおどろしい場所で気が昂《たかぶ》ることがあるのか。

「じゃ、行こう」

冷静に、と自分に言い聞かせながら、瀬戸内さんの後に続く。

余計なことを考えていると、また自分のことがわからなくなり、醜態を晒すことになりかねない。

「こっちから回ろう」

「はい」

本殿を横目に、その裏手に回る。真っ暗闇の本殿はいかにも何かいそうだが、瀬戸内さんによると御神体はないようだとのこと。ならば他のものは何かいたりするのだろうか。

（……考えないようにした方がいいかもな）

足元に気をつけて、と瀬戸内さんから注意を受けながら、わたしは辺りを見回した。特に、人の気配はない。

ここに連れてこられた女性たちが身を隠すとしたらどこになるだろう。松戸百合子さんの時は、死者の手から逃れるために安全地帯にいた。

この隔世は狭そうだ。ここに十人以上の女性が攫われてきているのなら、見つけるのはそう難しくないだろう。

それなのになぜ、ここにはそれらしき息遣いの一つもないんだろう。

するとそこで、前を歩いていた瀬戸内さんが突然立ち止まった。わたしは彼の背中に鼻をしたたかにぶつけてしまう。

「ちょ、瀬戸内さん。どうしていきなり止まって……」

「──朝陽。あれ」

「あれ？」

瀬戸内さんが抑揚のない声で言い、指を伸ばした。わたしはその指の先を目で追う。

鬱蒼《うっそう》としている雑木林の黒い土、そこにぽつ、ぽつ、とまばらに盛り上がっているところがある。なんだろうと思って目を凝らして──わたしは硬直した。

あれは盛り上がっている土じゃない。

頭だ。人の、頭。

「行くよ朝陽！」

「えっ……あ、はいっ」

考えるより先に、促されるままに走る。

そうだ、黒い塊に見えていたのは髪だったのだ。つまり頭だけぽつんと残して、生き埋めにされている人間がいる。

それはまるで、人間が、地面から生えているようで。

「うっ」

吐き気を催して立ち止まると、瀬戸内さんは既に人が埋まっている場所に辿り着いていた。「大丈夫ですか！　聞こえますか！」と叫ぶ声。

気持ちの悪さと謎の高揚感に似た興奮を抑えながら、わたしも近くの人に駆け寄った。

その人は胸まで黒い土に埋まっていた。

目は開いているようだが、視線は合わない。「聞こえますか」と声をかけても返事はない。あわてて呼吸を確認するが、息はしているようだ。だが、呼吸もか細い気がする。

「そうだ、巾着にペンライトがあったはず……」

わたしは取り出したライトをオンにして、生き埋めにされかけている女性の顔を照らした。女性は眩《まぶ》しがる様子もなく、目は虚ろなままだ。

みんな、こんな感じになっているんだろうか。

辺りを見回すと、数メートル先にもいくつか頭の影があるが、どのくらい身体が地面に埋没しているのかは人それぞれのようだった。たとえば、今わたしの目の前にいる人は胸まで埋まっているが、やや離れた場所にいる人は腰あたりまでしか土が来ていない。とはいえ、その気になれば抜け出せそうなのに、その人も微動だにしない。

　そして、見る限り最も深く埋まっている人は、鎖骨くらいまで土が来ている。あれでは、息が苦しいのではないか——。

「朝陽、そっちはどう？　俺の近くにいる人は意識不明だ」

「ダメです。声をかけても反応しません。呼吸はしているし生きてはいるみたいですが」

「どうなってる……？」瀬戸内さんが眉を顰《ひそ》めて呟く。「若い娘がいる母親を妬んでいるからといって生き埋めにまで……いや、歪《ゆが》んだ悪霊ならやりかねないかもしれないけど」

「どうしてみんな目が虚ろなんですかね。やっぱり自分を見失うっていうか、意識を持っていかれてるんでしょうか」

「そう。だからこのままだとまずい」

「やっぱり……」

　怪異に耐性を持っていたらしい百合子さんも、日常生活に戻るのにやや時間がかかると聞いている。むしろここで正気を保っていられるわたしたちがおかしいのかもしれない。

「とりあえず引き抜けそうな人は引き抜いてみるよ。この土、なんかやばそうだ。ここだけ死の気配が飛び抜けてる。死穢《しえ》が染み込んでるんだよ」

「死穢……」

　死の穢れ。神道においては「生」がなくなった、「気枯れ」を意味するという。

　日本には今でも死の穢れ——死穢を厭う文化は残っている。葬式から家に帰ってくる時に塩をまく習慣もその一つだ。

「腋の下に腕を挟んで、上半身をこう、持ち上げれば助けられるかも。とりあえず俺がやってみるから」

「わかりました。あの、お手伝いは」

「大丈夫。俺こう見えて力にも自信あるから。じゃー、失礼しま、すっ」

そう言いながら、瀬戸内さんが腰まで埋没した女性の一人を引き抜こうと踏ん張る。

しかし彼女の下半身が土の中から動くことはなかった。

「うっそだろ……ぜんっぜん動かない」

瀬戸内さんは目を見張っている。

彼に無理なら、重機でもなければ無理だろう。

「こりゃダメだ。力ずくじゃ助けられない」

「だったら土を掘ってみますか。周りの土を取り除いていけば、引き抜きやすくなりますよね」

嫌な感じはするが、土そのものはそこまで固くなさそうに見える。掘ることはできるだろう、と、そう思って屈んだ——その時だった。

ぞわり、と。

背筋を悪寒が駆け抜けた。

「——っ！」

思わずその場を飛び退く。すると、ついさっきまでわたしが立っていたその場所に、人型の、黒い塊がいた。

体長は一メートルかそこらというところか。黒い塊は、呆然として固まるわたしたちをよそに、その輪郭を揺らめかせ、

【縺翫。縺ゅ&繧薙←縺輔ｏ繧九→】


声を発した。

「ぎっ……」

わたしはあわてて耳を塞ぐ。

まるで黒板を爪で引っ掻いた音と、幼児の甲高い声を混ぜたかのような不快な声だった。

(何これ……何これ)

ざわざわと肌が粟《あわ》立つ。何、この感覚。苛立ちのような、興奮のような。

「あーあ」瀬戸内さんが引き攣った笑みを浮かべたまま嫌そうに言う。「手に余りそうなのが出てきたなあこれは……」

わたしのこの感情は、黒い塊に影響されているのか？

「……朝陽？　大丈夫か、落ち着いて」

黒い塊が不快な声、もしくは音を立てながらゆらゆらと近づいてくる。わたしたちの邪

魔をしたいのだろうか。

　人のシルエットを形作っているようなのに輪郭は一定でなく、顔などないのに、邪悪な笑みを浮かべた化け物に手を伸ばされているような感覚がある。これに捕まったら、いや、触れられたら、まずい。本能的な忌避感というやつだろう。

　だが一方で、彼女らを助けようとしているのを邪魔されて、なぜか途方もない怒りが腹の奥底から上ってくる。

　そうだ。

　誰であれ、こちらの邪魔をするのなら――、

「落ち着けって！　すごい形相してるよ」

「っ」

　肩を摑まれて我に返った。

　わたしの肩に触れる瀬戸内さんの手、その手首には数珠《じゅず》がある。

「落ち着いた？」

「は、はい、すみません。わたし、なんか、ここに来てからずっと変で、感情がコントロールできなくて」

　攻撃的な思考回路が増長させられている――そんな気がする。

　ぐらぐらと、暴力的な衝動の波に翻弄《ほんろう》されるのだ。

「朝陽の様子といいこの有様といい、全部こいつの仕業か……？　精神汚染も、生き埋め

のコレクションも趣味が悪すぎるだろ」

なんであれ、と。

瀬戸内さんが巾着袋に手を突っ込み、塩を鷲掴《わしづか》みにして、ばら撒いた。「——やばいのは確かだな！」

ぎいいい！　という不快な音とともに、黒い靄《もや》の塊のような『ソレ』の色が薄まる。

「とにかく退散しよう。あんな死の穢れの塊みたいな奴相手だと、浄化用の道具も足りない」

「は……はい」

「水晶を割れ！」

瀬戸内さんが叫ぶ。黒い塊が近づいてくる。

一瞬、その靄の中に、きらりと光る何かが見えた気がしたが——それがなんだったのかを確かめる余裕はなかった。

わたしは急いで巾着から水晶玉を取り出し、地面に投げつけた。同時にまた、背後からぎいいいい、と甲高い嫌な音。

わたしは思い切り、水晶玉を踏みつける。

——パリンという音とともに、視界が真っ白になった。

◆

気がつけば、わたしたちは隔世の事務室に戻ってきていた。

肩で息をしながら、顔を見合わせる。どうにか助かったらしい。

「やばかったあ」

ははは、と笑いながら軽い調子でそう言い、瀬戸内さんがその身体を畳スペースに投げ出す。

笑いごとじゃないが、彼が通常運転なことにほっとした。わたしからも、抗いがたい衝動は消えている。デスク付属の椅子に腰掛けながら、ああ、本当に戻ってきたのだ、と実感する。

「……それにしてもなんだったんでしょう、あれ」

「隔世に棲みついてる……、霊なのかな。たぶん」

瀬戸内さんの答えは歯切れが悪い。どうやら彼もあれが何かわかっていないらしい。

「駅の時のように、死者の念、の集合体なんですかね」

そこまで言って、いや、でも――と首を捻る。

あの神社の隔世、あそこは柊良子の作った異界だ。それなら、あの隔世で人が死んでいる可能性は低いような気がする。

わたしたちが行った駅では、隔世の駅に取り込まれてしまった人が、あの駅の中で死に、その念が凝り固まってホームの下に大集合していた。

だが、柊良子は、そもそもが亡くなって数日かそこらだ。攫われた人たちも、一応は生きていた。あの隔世の中で人が死んだ可能性は少なく、ならば死者の念が生まれる道理がない。

……が。

「いや。死者の念、で間違ってない気がする」

瀬戸内さんは真剣な顔でそう言った。

「え。でも」

「言いたいことはわかるよ。けど、あの感じ……」彼は眉を顰めてかぶりを振る。「妖や鬼、呪いの産物というよりは在り方が霊に近いんだよな。それも、相当な恨みや怒りを溜め込んだ怨霊に」

「怨霊って……じゃあ先生、柊良子の母親たちへの妬みはそれほどのもの、ってことですか」

怨霊になるほどに、幸せな母親を妬んでいたのか。

そんな嫉妬の感情は、『スノードロップの悲哀』からは感じなかった。あの本にあったのは、殴る蹴るの暴行の末に子どもを殺した者の悪意と、子どもを殺された者の憎悪と悲しみばかりだったのに。

「そう……いや、でもなあ。うーん」

やはり瀬戸内さんの答えは煮え切らない。「うーんって……。どっちなんですか」

「死者の念であるからにはあの黒いのは柊良子のはず。あの隔世を作ったのは柊で、そして黒いのは明らかに隔世に結び付けられた怪異、言い換えればあの異界の主だ。それなら、黒い塊イコール柊良子と考えるのが自然だよな？」

「ええ……同感です」

「たださ。さっきも言ったけど、俺にはあれが『溜め込んだ』怨念の塊に思えたんだよな」

それもかなりの時間、と彼は言う。

「生前から拗《こじ》らせてた嫉妬の感情が死後に爆発したのか……とにかく」

瀬戸内さんが畳から上体を起こし、言った。

「もう少し調べてみようか。柊良子の過去」

5

「それでここは……どこですか」

「中野《なかの》さんちだよ」

「誰ですか中野さんて……」

翌日の昼、わたしは瀬戸内さんと朝から電車を乗り継ぎ、隣県の民家の前に立っていた。築三十年くらいの二階建ての一軒家だ。

ここが中野さんちであるのは表札でわかる。わたしが知りたいのはどんな中野さんなのかであって……。

「すみません。昨日お電話した瀬戸内ですが」

「ちょっと」

特に説明もなくインターホンを押す瀬戸内さん。わたしが慌てる間もなく、『はい、今行きます』と年配の男性の声がした。

控えめな足音が近づいてきて、扉が開く。中にいたのは六十代半ば頃に見える男性だった。

「瀬戸内さんですかな」

男性の声は、意外にも力強い。眼光も鋭かった。

「ええ、私が瀬戸内です。こちらは同僚の近澤です」

「はじめまして……」

「はじめまして、私が中野です。紫原《むらさきばら》から話は聞いています。今回は柊木友美《ひいらぎゆみ》ちゃんの事件の話が聞きたいとか」

わたしは目を瞬かせる。ヒイラギユミ。

そう、この人は、柊良子——本名、柊木朋子《ともこ》の娘、友美ちゃん失踪事件の捜査を担当していた元刑事だったのだ。

「妻は町内会の会議に出席しています。一方私は特に用もなく日がな一日のんびりしていますよ。刑事やってた頃には考えられない暮らしだ」

居間に通してもらい、お茶を出される。中野さんには三十になる娘さんがおり、都内で働いているという。

「突然紫原さんから連絡が来て驚かれたかと思いますが。今回私たちは……」

「いい、いい。私も長く桜田門の刑事やってましたから。霞が関のあたりにあなたがたのような組織があることは耳にしていたのでね、事情は察していますよ。何か友美ちゃんの事件と、そちらの案件に関係があったってことなんでしょうな」

聞けば、紫原さんというのは正確には委員会の偉い人が懇意にしている警察官僚らしい。その紫原さんが三十年ほど前に新人警部補として警視庁に出向してきた際、面倒を見たのが当時警視庁捜査一課の刑事をしていた中野さんだったという。

（本当にいるんだ、委員会と繋がってる刑事なんて……）

そして情報をもらえると。まったくもって委員会の上層部は恐ろしい限りである。

「話せる範囲でいいので、当時のことを教えてもらえませんか」

「ええ、ええ。……当時柊木さんは売れない作家業と夜の仕事を掛け持ちしながら、一人で友美ちゃんを育てていたんですよ」

中野さんが当時を思い出すかのように目を閉じる。

「ある日娘がいなくなったと柊木さんから通報があったんです。久々に休日ができたので娘と二人で公園に遊びに行ったが、それまでの仕事が忙しすぎて眠れておらず、公園のベンチで居眠りをしてしまっているうちに、娘がいつの間にかいなくなってしまったのだと」

当時、周辺の警察署員だけでなく、中野さんを含めた警視庁の刑事たちの手や地元の有志の手も借りて、捜索は何日も続いたらしい。もちろん誘拐の線も疑われたが、柊木朋子も当時は身代金を払う蓄えもなかった上、犯人からの連絡らしきものもなかった。当時の柊木母娘の住む辺りは首都圏とはいえ未開発で、家の周りにも防犯カメラはほとんどなく、わずかな防犯カメラの映像にも有力な手がかりはなかった。そのため友美ちゃんがいなくなったのがいつなのかははっきりしない。

そして見つからないまま時が過ぎ、友美ちゃんを捜す人が徐々に減り、ついにいなくなって——捜索が打ち切られることになった時。

柊木朋子は、中野さんの前で蹲り、身も世もなく泣いたという。

「私も当時幼い娘がいましたからね。娘を失った親の気持ちは想像に難くなかった。ひどく泣く彼女が恐ろしかったのを覚えています。狂気すら感じる泣き方だった……娘がまだ『居る』私を恨んでいるのかと思うほど」

中野さんが瞼を開ける。

「最近、柊木さんが亡くなったと聞きました。……その後間もなくですかね、何人かの大人が煙のように消えたのは。まるで友美ちゃんの時みたく」

「中野さん、それをどこで」

「これでも元刑事だ。事件の噂には敏感ですよ。……いや、集めているのは行方不明の事件の情報ばかりだな」

――結局最後まで友美ちゃんを見つけられなかったことは私の長い警察人生の中でも、ひときわ大きな後悔ですからね。

そう呟く彼の視線の先には壁があり、そこには小さな女の子の写真が貼り付けられてあった。それは新聞を切り抜いたもののように思えたが、小さな記事の写真だったのか、画像は鮮明とは言えなかった。

「友美ちゃんの写真です」中野さんが低い声で言った。「この……星形のヘアゴムがお気に入りだっていう話でしてね。形見も何も見つけてやれず、本当に、友美ちゃんにもご家族にも申し訳ないことをした」

確かに、写真の中の友美ちゃんは、小さい、金色の星のヘアゴムをしていた。

娘を亡くした彼女は死に、娘を持つ彼は生きている。それが訃報を聞いてからずっと心に引っかかっていた、と中野さんは後悔を嚙み締めるように言った。

――二十年、友美ちゃんの写真を壁から外せずにいる。その事実こそが、彼の後悔を表しているのだろう。

「その写真と資料は、あなたがたに提供しましょう。あなたがたの調査がどのように進むかはわからないが、どうか友美ちゃんと朋子さんの魂が救われるよう、頼みましたよ」

◆

「柊木朋子さん？　ああ……覚えてるよ」

わたしたちが次に向かったのは、都内の老人ホームだった。

会いに行ったのは萩平さんという入所者の女性。中野さんに紹介してもらった、柊良子の過去を知る人物である。

七十代半ばだという彼女は、二十数年前、柊木親子が住んでいたアパートの大家だったらしい。今は足を悪くして老人ホームに入所しているという。とはいえそれ以外はとてもしっかりした人で、二十年前のこともよく覚えているとのことだった。

「二人は仲の良い母娘だったんでしょうか」

「少なくとも、柊木さんが友美ちゃんを愛していたのは確かじゃないかとは思うね」

「そうですか……」

中野さんも、娘を失って悲しむ朋子さんの様子をはっきりと記憶していた。彼女はひどく泣いていたらしい。それを考えると、やはり柊良子――柊木朋子は友美と、仲のいい親子でいたのだろう。娘を亡くした後、娘を持つ他の母親を恨むほどに。

と、納得しかけていると。

「いやあ……、仲が良かったかは、どうかねえ。はっきりとは肯定できないかもね」

予想外に萩平さんが首をひねってそう言った。

えっ、と意外そうに目を丸くした瀬戸内さんが身を乗り出す。「ですがあなたは、柊木さんは娘さんを愛していたと、今……」

「そりゃあね。けど、母が子を愛していれば家庭がうまくいくってんなら、世の中拗れる家族はもっと少ないだろうよ」

「それは……どういう意味ですか」

さらに問う瀬戸内さんをちらと見て、彼女はふう……とため息をついた。そして言う。

「柊木さんは躾《しつけ》に厳しかったのさ。それもかなりね」

「躾、ですか？」

そうだよ、と萩平さんが視線を下に落とした。

「たとえば、よく友美ちゃんは怒られてベランダに出されてたね。締め出されて中に入れず、泣いているのを聞いたよ。あの人は、友美ちゃんはまだ四歳だっていうのに小学校の勉強をさせて、できなかったら苛《か》烈《れつ》に叱るんだ。柊木さんも疲れてたのか、ベランダに締め出したことを忘れて眠って、長時間中に入れてあげなかったこともあったね。春のあたたかい時期だったからよかったけど。あの時は本当、ひどく泣いててかわいそうだった」

「ベランダに……」

「そう。あたしらの時代じゃ、躾のために殴られたり、押し入れに閉じこめられたりするなんてのは珍しくないことだったけど、あの時は平成になってたからねえ。ご近所さんもやりすぎじゃないかって心配してたんだよ」

わたしは瀬戸内さんと顔を見合わせた。

行きすぎた躾があった。そんな話は聞いていない。

「どうして柊木さんはそんなに」瀬戸内さんが慎重に言葉を選んでいるのがわかる。「娘さんの教育に熱心だったんですかね」

「さあ。立派な子に育てたいってことだったんじゃないかね。どうしてお利口にできないの、なんで言うことを聞けないのって怒鳴り声がしょっちゅう聞こえてきてたから。柊木さんを妊娠させて逃げた父親もバカなろくでなしだったとか言うしね。娘はそんな人間にはさせない、今から頑張って偉くなるよう育てるんだって、そう話してた覚えがあるよ」

「はあ……」

「ただまあ、一緒に買い物行ったり手を繋いで出かけたりと、ふつうに仲良し母娘らしい光景も見かけたしねえ……やっぱり一言じゃなんとも言い難いね。友美ちゃんの方もママが大好きだと言ってたし。あれは嘘じゃなかったよ」

ベランダに締め出すのは躾というより虐待のようだが、二人は一応仲良くやっていたようにも見えていたのか。

ママ大好きと友美ちゃんは言っていたらしいが——子どもはどんな親でも愛したいと願

うという。その台詞を言葉通りに受け取っていいかは、疑問が残る。柊木
瀬戸内さんもそう思ったのか、片眉を上げて、『躾』の際に、柊木朋子が暴力などを振朋子が暴力などを振るったことはありましたか」と聞いた。

が、萩平さんは首を振る。

「そういうのはなかったよ。一回心配して、痣《あざ》がないかを見せてもらったこともあった」

「そうですか……」

そこまでしているのならベランダ締め出しなども咎《とが》めればいいのに、とも思ったが、よその家のことに下手に首を突っ込みたくなかったのだろう。

柊木朋子は、娘の友美を父親のような人間にさせないために、苛烈に躾けていた。それだけ娘に期待し、娘の幸せを思っていたのかもしれないが、さぞかし友美には重圧だったろう。いや、重圧を感じるにも幼すぎる年齢か。

「……柊木朋子さんは、友美ちゃんがいなくなった後、どんな様子でしたか」

「酷いもんだったよ」

端的な答えだった。

「すっかり幽鬼《ゆうき》みたいになっちゃって。あたしも当時は心配で何度も様子を見に行った。あの時の柊木さんときたら、狂ったようにアルバイトを入れたり小説を書いたり……正常な精神状態じゃなかったよ。まあ当然だね。あんなに期待をかけてた娘が亡くなったんじゃ」

「それは……中野さんからも聞いています。娘を失った後の彼女の憔悴ぶりはひどいものだったと」

「あたしとしちゃ、あれほど執着していた娘を、いくら疲れていたからといって目を離してしかも行方不明に陥らせてしまった……というほうが不思議だったけどね。まあ友美ちゃんがいなくなった経緯は知らないから何とも言えないけど」

そして、それから間もなく、柊木朋子は小説家・柊良子としてブレイクすることになる。

ブレイクのきっかけは、愛する男を亡くして哀しみに暮れる女が狂っていく様子を描いた短編小説だった。そして萩平さんは「あれは友美ちゃんを男に置き換えて、自分のことを書いたものだったのではないか」と言った。

「自分のことを書いた、ですか」

「そう。柊良子は書くためならなんでもする作家だっていう話だろう。それは実体験が伴った話は重く響くものだって、その短編小説の出来から学んだからじゃないかって、あたしはずっと思ってたんだよ」

◇

「柊良子についてはいろいろ知れたけど」

老人ホームから、会社に戻るためのバスの中。瀬戸内さんが苦笑交じりに言う。「あの黒いのの正体に関しては摑めないまんまだし、母親たちを助ける方法もわからなかったね」

「ですね。柊良子がその、あんまり褒められた子育てをしてなかったことはわかりましたけど」

「うーん。褒められた子育てしてないっていうか、普通に虐待って言ってもいいよな。話聞いてると」

　あんまり大きな声では言えないけどさ、と彼は言う。

　平日の昼間だからか、あるいはほどよく郊外だからか、バスにはわたしと瀬戸内さんのほか、数人しか乗っていない。そこまで人に気を遣う必要もないだろうが、人気作家の名前を話題に出すなら確かに多少の配慮は必要か。

「普段は優しくても、何かの拍子に激高する癖のある親だった、ってことなんだろうな。娘を愛していたんだろうが、愛の形が歪んでいた——って印象かな、俺的には」

「歪んだ愛情だったからこそ、隔世まで作り出して母親を攫い、じわじわと殺そうとしてる……ってことですか」

「まあ。そう、なるのかねぇ」

　やはり瀬戸内さんの返答はどこか煮え切らない。

　だが、なんとなくその気持ちもわかる。……あの黒い塊の正体が、柊良子の怨念の塊——という仮定がしっくりこないのだ。

それにあれが死者の念の塊だったとして、瀬戸内さんの感覚が、「長年溜め込んだ怨念」だと告げていることも気になる。柊良子は死んだばかりだからだ。

駅近くのバス停で降り、電車に乗って外を眺める。やはり電車の中もがらんとしており、わたしたちのような勤め人らしき人はあまりいないようだった。

瀬戸内さんと二人で空いた電車に乗ると、そのたびにあの異界駅のことを思い出すが、ここ数日でわたしたちペアは何度も電車で出張に行っている。

こんな頻繁に外出しなければならないのなら、いつも委員会のオフィスがガラガラなのも当然だろう。聞き込みをして隔世の調査をする――まるで捜査一課の刑事にでもなった気分だった。

……刑事かあ。

当時、柊木母子が住んでいたところは、防犯カメラなどもほとんど設置されていなかった。だから警察は友美ちゃんが一人でいなくなったのかも、誰かに誘拐されたのかもわからなかった。

わたしは中野さんにもらった地図を写真に撮ったものをぼんやり眺める。

そこでふと、あることに気がついた。柊木さんのアパートから少し離れた距離に神社の地図記号がある。しかも山の中に。

柊木朋子の隔世は、神社だった。

「あの、瀬戸内さん。これ、見てくれませんか」

「ん、何……マツユキ社？　へえ、こんなのがあったんだ」

聞いたことのない名前の神社だね、と言って、彼は手早く手元のスマホでマツユキ社を検索する。さすが手早いと思っていると、「これだ」と言って彼は画面を見せてくれる。

それを見て、わたしは目を見開いた。「瀬戸内さん。ここって……」

「うん。見覚えあるよな？」

問われて、頷く。

スマホにはマツユキ社の周りが写された写真が表示されていた。最後の更新が十年前の神社のホームページ。ホームページによるとマツユキ社というのは通称らしい。

今はもう廃社になっているというマツユキ社は、今初めて存在を知った神社のはずなのに、見覚えがあった。長い石段、立派な鳥居、小さな社、社の後ろの雑木林。そして社の周りに植えられている白い花。

何もかも、柊良子――柊木朋子の隔世にそっくりだった。

「間違いない」瀬戸内さんが呟く。「あの隔世はここをベースに作られてる」

「それに、この花……スノードロップですよ。和名は待雪草《まつゆきそう》」

「スノードロップ……なるほど、ここの神社の通称がマツユキ社になるわけだ」

そして、例の作品は『スノードロップの悲哀』。これ以上ない符合と言えるだろう。

だがどうして柊木朋子はこの神社をベースに隔世を生み出したのだろう。それほど、母娘にとってはなじみ深い場所だったということなのだろうか。

「思い入れがあるのは確かだろうけどね」

「まさか、友美ちゃんがいなくなった当日、マツユキ社を訪れたりしたんでしょうか」

「中野さんからそんな話は聞かなかったけど、可能性はあるかもなあ」

それにさ、と瀬戸内さんは神社の写真を眺めながら言う。

「子どもは七つまでは神の子ってよく言われるじゃん。友美ちゃんはまだ四つだった。もしもそのマツユキ社が柊木母娘のよく行く神社だったとしたら、友美ちゃんはマツユキ社の神に気に入られて、取られてしまったんじゃないかって……柊木さんはもしかしたらそう思ったのかもしれないな」

「まさに神隠し、ってことですか」

「実際、神隠しに遭ったようにして友美ちゃんは消えてる。本当に『そうなってた』としても、おかしくはないと思うね」

(そっか……)

友美ちゃんは未だに行方不明だ。遺体も見つかっていないのだから、神隠しに遭ったという可能性も否定できないだろう。何せ隔世に囚われる、という事例が実際にあるのだから。

むしろ友美ちゃんも、何かしらの原因で隔世に囚われてしまったのだということはないか。あの神社の異界は、本当は柊木朋子が作り出したものというわけではなく、もともとマツユキ社に在って、そこに友美ちゃんが囚われてしまったとか。そうしたらあの黒い塊は、二十年前に隔世に迷い込み、そこで死んでしまった友美ちゃんの怨念ということになる。言われてみればあの黒い何かは、大人の怨霊にしては小さかった。

　と、そこまで考えて、わたしはかぶりを振った。

（いや、それはないか）

あの隔世がもとからあったものなら、異界は神様が作ったものということになる。しかし瀬戸内さんはあそこには神はいないと言っていた。

　わたしはふと顔を上げた。

「あの、瀬戸内さん。どうしてあの、雑木林の土は死で穢れていたんですかね」

「え？　ああ、それは隔世がそういう場所だから……」そこまで言いかけて、瀬戸内さんは言葉を止めて首を傾げた。「いや違うな。あの化け物を除くと、雑木林の土だけやたら死の気配が強かった。何か意味があるはずだ」

「わたしたちが行った時には既に、連れ去られて埋められてあの土の中で死んでしまっていた人がいたからとか」

「どうかな。俺も行方不明者の全てを把握してるわけじゃないから明言はできないけど」

「じゃあ、どうして……」

　瀬戸内さんが顔を顰めた。「……もともと死者が埋められている土だから？　それも埋葬されたんじゃなく、未練を残すような状態で」

「それって……」

未練を残すような状態の人間を、雑木林に埋める？

その行為で連想されるのは殺人か死体遺棄じゃないのか。

(じゃああの死の穢れの塊のような黒い化け物は)

――あの林に埋められた人間、だったのか？

そこまで考えて、心臓が厭《いや》な音を立てた。

思考がめまぐるしく加速する。穢れた土。消えた友美ちゃん。小さく黒い死穢の塊。埋められた母親たち。実在する神社の形を模した隔世。虐待まがいの厳しい躾。冬。書くためならばなんでもする作家。防犯カメラも人目もない道。

そして隔世を離れる時一瞬だけ目にした、黒い塊の奥できらりと光ったもの――。

「そうか」

スマホに写る神社の写真を見詰めながら、瀬戸内さんがぽつりと言った。

「違ったんだ。あれは」

瀬戸内さんの手には、いつの間にか中野さんからもらった写真があった。

そうだ。あの隔世の主は、柊良子ではない。柊木友美だ。

光ったものがなんだったか、あの時はわからなかった。だが今、新聞の写真に写ったものと、自分の見たものがようやく重なった。

あの黒い靄の中で光ったのは――友美ちゃんの金色の星のヘアゴムだったのだ。

「友美ちゃんは、母親に殺されて埋められたんですね」

だから、友美ちゃん――あの黒い怨念は、『自分の母親』に復讐するために、同じ立場の女性を生き埋めにしているのだ。

（スノードロップの、花期は、冬。二月頃。友美ちゃんがいなくなったのも冬）

本当に、友美ちゃんが母親に殺されたかどうかははっきりしない。周りからは、柊木朋子は友美ちゃんを愛していた――少なくとも執着していたようには見えていた。憎いから殺す、邪魔だから殺す、ということがあったかははっきりしない。

だが、躾と称して、いつものように冬のベランダに友美ちゃんを出していたとしたら？　反省したらすぐに中に入れるつもりでいたが、働きづめだった疲れで寝入ってしまったのだとしたら。

萩平さんは、柊木朋子は娘をベランダに締め出したことすら忘れ、彼女を長時間中に入れてあげなかったこともあった、といった話をしていた。その時は暖かかったからよかったものの、冬だったならどうなってしまうのか、想像に難くない。

それで気づいた時には、小さな娘が外で動かなくなっていたとしたら。

「……誰も、当日公園に遊びに出掛ける母娘を見ていなかった。だから、本当に二人で公園に遊びに行ったのかもわからない。本当はその前日の深夜、柊木朋子が動かなくなった友美ちゃんを抱えて神社へ行き、雑木林に埋めていたとしても誰もわからない。柊木朋子の家から神社までの道は人通りもなく防犯カメラもない。あんなところに人目なんかあるはずがない」

つまり犯行は可能だったということだ。わたしは唇を噛む。

「柊木朋子が次の日すぐに警察に捜索を依頼したのは、埋めた遺体を見つけられないと高をくくっていたからでしょうか」

「どうだろうな……。そもそも、柊木朋子が遺体を埋めたというのもまだ推論にすぎないわけだし」

「そう、ですか」

「ただ、自分の手で娘を殺して埋めたただなんてことを、信じたくなかったからかもしれない、とは思うよ」

公園の話も、と彼は続ける。

「目を離した隙にいつの間にか自分でいなくなってしまったんだ、自分が殺したわけじゃないって、自分をも偽るための嘘だったのかもしれない」

柊木朋子は娘を失った後、幽鬼のようになりながらも小説を書いていたらしい。

菅さんは、『スノードロップの悲哀』は彼女がずっと昔からあたためていた作品なのだと語っていた。ブレイクのきっかけになる短編小説以外に、彼女は娘を殺したばかりの頃に、『スノードロップの悲哀』の原型になるものを完成させていたのかもしれない。

あの小説は、娘を失った母親の苦しみと悲しみと、復讐心を描いた話だった。柊木朋子

──柊良子にとっては、娘を殺した自分こそ、復讐の対象だったのだろうか。

「友美ちゃんが今さら、『母親』に復讐を始めたのはなぜなんでしょう」

「それもはっきりとはわからないけど。『スノードロップの悲哀』が発表されて、人々に柊木朋子の念が乗った本が行き渡ったから、隔世が形成されたんだと思う。本は異界へと繋がる道筋。本を門とした隔世ができることで、怨念の土台が作られた……」

そう言い、瀬戸内さんが手で顔を覆うようにして眉間を揉む。指の隙間から見える彼の表情はひどく歪んでいて、歯を食いしばる音が聞こえてくるようだった。

（いつも飄々《ひょうひょう》としてるけど……）

瀬戸内さんってこんな顔もするんだ、と思った。

「……でも、友美ちゃんがあの黒い塊だったとして、攫った母親たちを生かしたまま土に埋めているのはなぜなんでしょう」

「え？」

「友美ちゃんは殺されてから埋められた。あの塊……友美ちゃんは瀬戸内さんが手に負えない、と思うような怨霊なんですよね。だったら攫った女性たちの命を奪うことは簡単なはずですし、攫ったら、殺して、埋めるんじゃないんでしょうか」

「……確かに、言われてみればそうだな」

瀬戸内さんが眉を寄せ、視線を足元に投げる。

「生き埋めにして、じわじわと苦しみを与えるため……？」

「いや、復讐を望む怨霊なら、受けた仕打ちをそのまま返す気がする」

「受けた仕打ちをそのまま……、ということは」

友美ちゃんは埋められた時、まだ生きていたということか？

まだ生きているということに気づかず、柊木朋子は娘を埋めた――？

「まさか。生きていることに気づかないなんてこと、ありえますか？　娘を死なせてしまったとしても、母親ですよ。呼吸を見たり、脈を取ったり、生死の確認くらい、ちゃんと……」

「有り得ない話じゃないよ。何せ友美ちゃんが放置されていたのは冬の夜のベランダだ。長い時間防寒具もなくそんなところにいたら、ほぼ間違いなく低体温症になっていたはず。極めて重い低体温症では、生きていても、心拍や呼吸が感じ取れない状態になることもあるんだよ」

何より、事実として母親たちは生き埋めにされている。冷たい土の中、じわじわと命を奪われていっている。

それは、友美ちゃんが『やられたことを返している』からだとしたら。

「一刻も早く解放してあげないと」

罪のない母親たちも。救われないでいる友美ちゃんも。

電車が止まる。いつの間にか会社の最寄り駅に着いていた。

6

『それは一刻も早く事に取り掛からねばならぬな』

相変わらずがらんとした隔世の事務室に戻ると、瀬戸内さんはすぐにサクヤさんに推測を報告したようだった。

『もともと時間がないことはわかっておったが、掛け値なしの怨念が棲みついているというのであればさらにまずい。今すぐに女たちを救い出さねば命が無事でも精神《こころ》が死んだ虚ろな器ばかりが残ることになりかねん』

「わかってますよ」瀬戸内さんがいら立ちを含んだ声で言う。「でもあれは仮にも神域を縄張りにしてる怨霊だ。俺の手に余る。わかってるでしょ、先輩。俺にはもともと霊を祓う力はない。今ある俺の除霊の力はもともと、『あの子』のものなんだ。俺は預かりもののこの力を『あの子』に返すためにここにいる」

『ウタ坊』

電話口の声が、瀬戸内さんの言葉を遮る。それ以上は言わないでくれとでも言いたげな声音だった。

（あの子……？）

預かりものの力を返す？

そういえば瀬戸内さんに以前、どうして委員会に入ったのか聞いた時、誰かに返したいものがあると言っていた。それが、『力』ということか。

確かに自分の祓い清める力が預かりものだという話もしていたような気がするが――。

「……応援は出せないんですか。正直新米二人じゃ厳しい」

『坊が弱音など珍しい。それほどこたえる案件か』

だがない袖《そで》は振れぬ、とサクヤさんは言う。

『堕ちた土地神、大妖の怪、大陸から渡った仙……今、他の委員も大仕事で手一杯。手分けして人ならざる者の作り出した巨大な隔世の封鎖に当たっている状況よ。そして上層部《うえら》は人の子一つ一つの事情に深くかかわることはできぬ』

「俺はともかく朝陽は本当に新人なんですよ。駅の時とは危険度が比べ物にならない」

『だがおぬし一人ではなんともならぬ。それはわかっておろう』

そう言われ、瀬戸内さんがスマホを睨みつける。当然そこには通話中の文字しかない。

(瀬戸内さんが怒ってる。あれってやっぱり、相当……強い怨霊なんだ)

今の今まで歩き回って刑事のように聞き込みをしていたので忘れかけていたが、わたしたちは隔世の真実を解き明かすのが仕事なのではなく、あの黒い怨霊……友美ちゃんが変じてしまったあれから、人々を救い出すのが仕事なのだ。

そしてわたしたちは、一回撤退を余儀なくされている。霊的なものへの対抗手段を持つ瀬戸内さんが、自分では祓えないと判断したからだ。

二人では難しい。だから人の手を借りたいが、それも難しいと、サクヤさんは言っている。

『――時間がない。つまり他の案件が終わるのを待つ時間がないということ。わかるか。詩矢、朝陽。おぬしたちしかいないのだ』

だからやるしかない、とサクヤさんは言った。

（わたしたちしか、いない……）

友美ちゃんを助けられるのも。憐れな女の子が、自分の母親と勘違いして、罪もない女性を殺そうとして加害者になってしまうのを阻止するのも。女性たちの命を助けられるのも。

わたしは自分の手を見つめた。

ずっと恐れられていた手だ。触れた者は不幸になる。声をかけ、共にいるだけで、嫌な目に遭う。そう思われて、自分自身でもそう思い、どうして人を不幸にしてしまうのかと自身を嫌っていた。でも、本当はそうではないと瀬戸内さんが教えてくれた。

――この手で、この体質で、誰かを救うこともできるのだと。

わたしは顔を上げた。

「できます。やります」

「朝陽」

「大丈夫です。わたしは呪いや怪異を撥《は》ねつける体質なんですよね？　怨霊に触れられたってきっと死にません。怖いものは怖いですけど」

それでも――わたしたちにしかできないのなら、やるしかないじゃないか。

『よく言った』

サクヤさんの満足そうな声。

『そう、自身を失わなければ問題なかろう。特に朝陽は怨念にも怪異にも強い。――ウタ坊』

「……なんです」

『朝陽を守ってやれ。であれば大丈夫だ』

その声を最後に、瀬戸内さんがアッ、と声を上げた。サクヤさんが電話を切ったらしい。

「くそ、結局また死地か」

「すみません。大きなこと言って」

「いや。……でもまた新人をとんでもないところに飛び込ませなきゃいけないのかと思うと不甲斐なくてさ」

長くため息をついた瀬戸内さんに、苦笑する。「……それにしてはぬいぐるみの時、結構わたし怖い思いしましたけど」

「ぬいぐるみの時は、俺が守れる自信があった。駅の時もああも無茶することになるとは思わなかった。……大人しそうな顔して朝陽って、結構向こう見ずだよな」

「初めて言われました」

彼は今度こそわたしの顔を見て、わざとらしくため息をついた。

――そうか、と唐突に理解する。

彼は目的のためならば人のことを利用できる人だ。

だが、傷つけさせもしない。

利用する代わりに人を傷つけることや不幸にすることを、きちんと避ける人なのだ。

「でも、やるって言ったって。あの怨霊……友美ちゃんをどうにかしないことには皆を助けられない。けど、友美ちゃんを祓うのは俺の力じゃ無理だし、もし捕まったら俺の薄っぺらな耐性じゃ、あっという間に怨霊の餌だ」

「それなんですけど、一つ考えたことがあります」

友美ちゃんの怨霊をどうにかしなければ女性たちを救えないのもわかる。だが時間がない。真っ向から彼女を祓うことができないのなら、その道の玄人に清めてもらうしかないのではないかと、帰ってくるまでずっと考えていた。

柊木朋子が娘を殺していたのなら、未だ友美ちゃんは冷たい土の中で、生死不明だ。だから隔世の土は穢れている。

「だったら、見つけてあげて、埋葬してあげて……正式にあの神社の土地をお祓いしたら、友美ちゃんの魂も安らぐんじゃないですか。それが浄霊、ってことですよね？」

「……確かに。そうか、現実からのアプローチか」

効果があるかもしれない、と瀬戸内さんが呟く。

「ただ、時間がかかりすぎる」

「時間ですか」

「警察に頼んで遺体を見つけてもらって、すぐに神職にその場と魂を清めてもらったとして、かなり時間をロスする。これまでの調査でも時間を使いすぎたし、鎮霊と地鎮を待つ時間はない。女性たちの命が危ないからね」

「……そもそも、具体的にあとどのくらいの猶予があるんでしょう」

わたしたちが初めて隔世に踏み込んだ時、最も深くまで埋まっている、と思った人は鎖骨まで土の下だった。逆は、腰のあたりまで土に埋まっていた人。

ということは、鎖骨まで埋まってしまっていた彼女が、最初に失踪した母親ということになるのではないか。そして浅く埋まっている人たちが、最近失踪した女性――。

「最初の失踪があった日から、最近の失踪者が出た日を数えれば、どのくらいの時間をかけて埋められていっているのかがわかるんじゃ」

「えっと確か……」瀬戸内さんが資料をあさる。

「最初の失踪から最近の失踪までの間隔は、約五日みたいだ」

五日。腰から鎖骨まで埋まるのに、たったの五日で。

ならば、と血の気が引いた。

鎖骨から鼻がすっかり埋まるまで、猶予はどれほど残されている――？

「想像以上に時間がないいな」瀬戸内さんが低い声で呟く。「やっぱり現世からのアプローチは現実的じゃないか」

「なー――なら、わたしが同時進行で土を掘って物理的な救助活動をします。それならどうでしょう」

え、と瀬戸内さんがこちらを見た。これ以上ないくらい、大きく目を見開いている。

会社でもいつも明るくて人当たりがよく、委員会の業務でも飄々として底の見えない彼が、ここに来て色々と感情をあらわにすることが増えてきた気がする。

ややあってから、瀬戸内さんが上ずった声で言った。「何言ってんの、あの土は毒みたいなものだ。あんま触れてちゃまずいし、そもそも掘れたとしても怨霊の妨害が」

「あるかもしれませんね。でもわたしなら耐えられるかもしれない」

「……そうか。体質が」

頷く。あの時は恐くて逃げてしまったが、死ぬかもしれないとは思わなかった。理由はわからないが気が昂っていた記憶の方が強い。クマのぬいぐるみの時――はからずも呪いを『受け入れて』しまったことで、明確に自分が呪われていたあの時はもっと、死の恐怖があった。

だからわたしならきっと、友美ちゃんの怨念にとり憑かれて死んだりはしない。

それに――。

「少なくとも、いよいよ命が危なそうな人を助けるくらいはできます。だから瀬戸内さんは警察の方に掛け合って友美ちゃんを捜してください。それはわたしにはできませんから」

わたしにしかできないことがあり、それをすれば誰かが救われる。

それはきっと、わたしにとってとても幸福なことだ。

◈

気がつけば、わたしは持てるだけの浄霊グッズと御札がベタベタと貼られた大きなシャベルを持って、あの神社の石段に立っていた。

界渡りの水晶を用いて再び訪れた隔世は、以前より禍々《まがまが》しさが増している気がする。

「はあ……」

瀬戸内さんをなんとか頷かせ、ここに来たはいいものの、やはり肌がざわつく場所だ。

わたしは身震いして、鳥居をくぐる。初めて来た時はわからなかった濃い死の気配――友美ちゃんの気配をひしひし感じながら、社に向かって歩いていく。

まるで友美ちゃんの憎しみや怒りに呼応するように、心臓が重く鼓動を打っている。

(……信じよう。きっとあの人はすぐに友美ちゃんの魂を清めてくれるはず)

それまでわたしは恐怖と闘いながら、自分を保って、皆を助ければいい。

よし、と自分に気合を入れて、わたしは社の背後の雑木林に向かって走り出した。

友美ちゃんに近づいてこられる前にやることがある。土を掘る作業を邪魔されないようにするために、雑木林全体に簡易的な結界を張ることだ。

ところが、

「増えてる……？」

雑木林に着き、わたしは思わずそう零した。

間違いない。初めてここに来た時よりも、土に埋められている女性の数が若干増えている。つまり、あれからまた隔世に囚われた女性がいたのだ。

わたしは慌てて深く埋められた女性たちが多かったあたりを見る。――まずい。一部、既に口の部分までが土に埋まってしまっている人がいる。

（早く掘り返さないと）

それでも先に結界だ。

わたしは走り出すと縄を雑木林の端の木にくくりつける。そして逆側の端まで走っていき、そのあたりの木にもくくりつける。

次は雑木林の奥まで走って新たな木に巻き付け、さらに四本目の木に巻き付けたところで、最初の木に戻ってきて、縄を結ぶ。

――これで、縄で四隅を囲まれた結界ができあがった。

この縄は神聖な霊力にさらされながら綯《な》われたものなのだという。時間稼ぎ用のアイテムにと持たされたもので、結界の張り方は瀬戸内さんに教えてもらった。

「……よし」

結界の中にいると、肌がざわめく感じも落ち着いた。

急いで深く埋められてしまっている女性の元へ走り、顔周りの土を掘って息を確認する。

……呼吸はしている。

よかったと思いつつ、軍手をして土を掘る。顔の周りの土を取り除きたい時は手で、深く掘る時はシャベルで。顔が埋まりかけている人から順に、鎖骨が露出するまで土を取り除く。

(彼女たちの心は、無事なのかな)

ここにいる女性たちは生きてはいるが意識はない。その目には何も映っていない。

早く助けなければ壊れてしまうとわかっているが、わたし一人でどうにかできる数じゃないのも確かだった。

次の人を助けなくては、と立ち上がる。

その刹那。

ジリ、という嫌な音がして振り返る。見れば、結界を張った縄のあたりまで、黒い塊が——友美ちゃんが、来ていた。

【縺倥c縺さ繧 縺吶k縺ｪ】

ぎいぎいと甲高い声。心臓をやすりで擦られたかのような不快感。

しかし高い声も子どものものだからと思うと、不快よりも憐れみが勝った。

「入ってこないで」

土を掘りながら言う。前回のような恐怖は感じなかった。

縄が焼けていく音がする。

「この人たちはあなたの親じゃない」

【縺懊▲縺溘＞縺ｫ繧?.k縺輔↑縺】

ブツン。――縄が切れる音がした。

結界が破られた。また、あの嫌な空気が肌を撫でた。皮膚から、中に悪意が入ってこようとしている、そんな気がする。

「……っ」

向こうではどのくらい時間が経っているだろう。

もう、瀬戸内さんは友美ちゃんを見つけただろうか。お祓いは始まっているだろうか。

【縺倥ｃ縺ｫ繧 縺吶k縺ｪ】

「来ないで」

黒い塊が近づいてくる。

【縺倥ｃ縺ｫ繧 縺吶k縺ｪ】

「来るな！」

巾着から取り出した御札で、清酒で、御札を貼り付けたシャベルで追い払おうとしても、御札は焼け落ち、清酒は蒸発し、シャベルはすり抜けるだけだった。

黒い塊が腕をのばし、わたしの手首を摑む。

瞬間、沸騰しそうな怒りと、暗い憎悪と、深い悲しみが流れ込んできて、目の前が真っ赤になった。これが友美ちゃんの怨念か。お母さんに殺され、ずっと誰にも見つけられずにいた女の子の。

感情の奔流《ほんりゅう》に流されかけながら、摑まれた手首を思い切りねじり上げられて悲鳴を上げかける。しかし、バチン、という音がして、すぐに力がゆるめられる。

――わたしの中の『何か』が、彼女を拒んだのだ。

(なんなの……)

今のは明らかな拒絶反応だった。

つまりわたしは、隔世調査委員会肝煎りの除霊グッズでも阻めない彼女を、拒むことができるのか。そういう……それほどの体質なのか。

(どういうことなの)

ざわりと毛が逆立つ。

――この体質こそが、わたし自身を、周りを苦しめてきた。

わたしの中にあるものはなんなのか。わたしの力とは、体質とはどこからもたらされたものなのか。

母は普通の人だった。義父はわたしを恐れて消えた。わたしの後悔や苦しみは自分で生んだものもあるかもしれないけれど、大体の発端は、持って生まれたこの身体にある。

「どうしてわたしばっかり」

【縺ｩ縺?@縺ｦ縺上◆縺励?縺］縺九j】

苦しまなければならないんだ、と。

目の前の怨霊と、怒りがシンクロしたように感じた。

（……わたし今、怒ってる？）

憤怒と憎しみ。自身でもコントロールができないほど負の感情が湧き上がってくるのを、もう一人の冷静な自分が困惑して見つめている。

なんでわたしばっかり。

こんな意味不明な体質でなければ、わたしは普通に過ごせていたかもしれないのに。家族や友達だって……。

（いや、違う。貧しい人間関係しか築けなかったのは、わたしが臆病だったからでもある。わたしが選んだことでもあるでしょ）

制御できない怒りによって目の前が赤く染まっている気がする一方で、怨霊はじりじりと距離をつめてきていた。身体に、怨霊の纏《まと》う黒い靄のようなものがまとわりついてくる。

――もはや恐怖はどこかに飛んでいっていた。

わたしはブン、と腕を振った。指の軌道に沿って、黒い靄が晴れる。黒い怨念の塊が、ぎいい、と聞くに堪えない悲鳴を上げる。

黒い霧を吹き飛ばすように斬り裂いた自分の手を見た。いつの間にか爪が鋭くのびていた。敵を裂くための爪だ、と思った。

（何をやってるの？　その子は友美ちゃんなのに）

なぜ爪がこんなにのびているのだろう。まるで獣だ。

――いや、違う。獣の爪だろうがなんだろうが構わない。理由はわからないが、この爪があればどんな敵でも斬り裂ける。

目の前のこの、わたしを乱す怨霊《こいつ》のことも。

(だめ。やめなきゃ。そんなことしたら、友美ちゃんの魂はきっと救えない)

ああ、昂揚する。目障《めざわ》りなものを消せるのは、気持ちがいい。

(やめて)

理性と感情が相反している。二つの感情が綯い交ぜになったまま、頭のどこかが沸騰したかのように、わたしは地面を蹴った。

そして、腕を、否、爪を振り上げる。黒い塊――友美ちゃんに向かって。

殺《こわ》すつもりで。

(誰か――!)

刹那。

何か液体をかけられた。甘いアルコールの香り。

清酒だ、と認識するとともに、一気に頭の中を支配していた怒りや憎悪が引いていく。

「瀬戸……内さ」

「おっ。もう冷静になった?」

いつの間に、友美ちゃんとわたしの間に割り込んできたのだろう。

わたしはあわててその場を飛びのき、

「っごめんなさい！　わたしっ、なんか変で！　何か、しませんでしたか」

「大丈夫大丈夫」

そう言う瀬戸内さんの手の甲には、細く赤い筋が四つ、できている。

（まさか、わたしが？）

あわてて手を見下ろすと、わたしの爪はいつもの丸くて短めの爪に戻っていた。

だが、その爪の先は、僅かに赤く染まっていて。

「瀬戸内さん、怪我を」

「平気だよ、かすり傷だから。血も殆ど出てないし」

「すみません……！」

かすり傷なのはおそらく、瀬戸内さんがうまく避けたからだ。そうでなければ、きっともっと深い傷を負わせてしまっていた。

どうして爪なんか長くなったんだろう。ここが隔世だから、怪異の影響を受けてこんなことになったのか――。

そこで、わたしはハッと我に返った。

瀬戸内さんはわたしと友美ちゃんの間に入った。

ということは彼の後ろには怨念の塊である友美ちゃんがいるはず。

「瀬戸内さん！　後ろに」

「ああ、平気だよ」

余裕を残した瀬戸内さんが、ゆっくりと背後を振り返る。

そこには、

「……もう見つけて鎮めたからさ」

ところどころに土汚れのついたパジャマを着て無表情で佇む、幼い女の子が立っていた。

その髪には、見覚えのある星形のヘアゴムがつけられている。

女の子──友美ちゃんはわたしや瀬戸内さんに視線を向けているようで、土に埋められたままの女性たちを見ているようでもあった。

彼は友美ちゃんと視線を合わせるようにして屈んだ。そして、静かに微笑んでみせた。

「冷たい中ずっと一人ぼっちで怖かったな。……だからもう、あったかいところでおやすみ」

捕まえた女性を帰してあげて、でも、お母さんを許してあげて、でもない。

瀬戸内さんの言葉は、友美ちゃんへの労りに満ちていた。そこに咎める色はない。

そうか。そうだ。寂しかっただろう。二十数年もたった一人で、骸になってまで、誰にも見つかることなく。

彼女は『母親』に復讐したかっただけではなく、寂しかったから、自分のいる土の中に『母親』を呼んだのかもしれない。二人で眠れば、きっと寒くないから。

わたしも瀬戸内さんに倣い、友美ちゃんの前に屈んだ。そして、その身体をぎゅっと抱き締めた。冷たい肌だったが、やわらかかった。

友美ちゃんはしばらく動かなかったが、やがて安心したように、小さく言った。

【……あったかいねぇ】

彼女の最後の声は、耳を塞ぎたくなるほど甲高いものでは当然なく、幼くて舌足らずで、愛らしいものだった。

友美ちゃんが救われて嬉しいはずなのに――、わたしは彼女が空に溶けていくように消えゆくのを、呆然として、ただ見ているしかなかった。

赤い爪痕の刻まれた瀬戸内さんの手の甲が、彼女が空に還るその瞬間でさえ、頭から離れなかったのだ。

7

瀬戸内さんと隔世から帰還すると、既に二日が経っていた。

人手が足りなかったので埋まっていた女性たちを掘り起こすのに時間がかかった。が、友美ちゃんが成仏した時には土からも既に穢れが消えていて、さらに最近連れてこられたばかりの女性たちは正気を取り戻したので、自力で脱出ができた。

女性たちは全員無事だったが、やはり長く囚われた女性は回復が遅くなるらしく、自我が完全に戻るまでしばらくかかるとのことだ。とはいえそのうち社会復帰できるだろうというので、そこは頑張った甲斐があるというものだろう。

友美ちゃんの亡骸《なきがら》は、瀬戸内さんが連れてきた警視庁の刑事たちが迅速に見つけてくれたらしい。事情を知る刑事のはからいで現場検証はかなり早く終わったらしく、その後委員会が派遣した腕のいい神職たちが土地を清め、魂を鎮めるお祓いをした。

さらにそれが終わってすぐに瀬戸内さんはこちらに駆けつけてくれたらしい。おかげで友美ちゃんは成仏できた。

「あの、すみませんでした。わたし、あのままなら、瀬戸内さんにも襲い掛かってたかも」

「あの子の憎悪にシンクロしちゃったってことでしょ。隔世の空気に当てられて自分を見失うっていうのは、何も自分が何者か分からなくなるってだけじゃない。今回も朝陽はそういう悪影響を受けちゃっただけ。その可能性があるって俺はわかってて君を隔世に送ったんだ。責任は俺にある」

「そうでしょうか」

「少なくとも、女性たちが死ななくて済んだのは、朝陽の尽力が大きい。これもまた事実だよ」

そう、なのだろうか。

それに、あの時のわたしは――。

「……瀬戸内さんは、あの時のわたしがどういう姿をしていたか、見えましたか」

「姿？　いや、暗かったから……。普通じゃないことが起きてるなってわかったから、慌てて清酒を掛けたんだけど」

「そうですか」

やはりおかしい。

異界の影響を受けたからって、爪がのびたり、憎悪で視界が真っ赤になったり、歪んだ怨霊を引き裂けるなんて考えたりするだろうか。

シンクロして友美ちゃんの怒りや憎悪を植え付けられたのは、そうかもしれない。だが、それによってわたしの中の『何か』が、呼び覚まされたような気がしたのだ。

「朝陽、ウタ坊。調査報告書はできたか」

「サク先輩」

と、そこでサクヤさんが唐突に現れた。

久しぶりに見た顔に驚いていると、どうやら彼女も仕事が一段落したので顔を見せたのだという。

「今回はいろいろと無理をさせて済まなかったな。二人とも大事なくてよかった」

サクヤさんが気遣わしげな、そして何かを憂うような表情で言う。

それを見て、わたしは異界駅に行く前のことを思い出した。

サクヤさんは確か、あの時わたしにこう言ったのだ。

「『血というものは案外濃い』……」

「！」

サクヤさんが驚いたようにわたしを見る。

それを見て、ああやはり、と思った。――この人は、わたしの中にある『何か』を知っている。

「サクヤさん。今回わたし、隔世で身体も精神状態もおかしくなったんです。友美ちゃんの心とシンクロして怒りがわいて……。でも、それだけじゃない」

「朝陽……？」

「怒りと連動するかのように、わたしは高揚した。万能感のようなものを得た。それで友美ちゃんを獲物のように思ったんです。しかも何故か爪が尖って、のびて……そして瀬内さんを傷つけた」

わたしはサクヤさんを真っ直ぐ見つめる。

「あの時のわたしはまるで獣でした。サクヤさん、わたしは一体何者なのでしょうか。怪異や穢れを受け付けない――本当にそれだけが、わたしの特異な体質なんですか？」

# 第四章

# 夜を待つ怪《かい》夢《む》

# 1

キーンコーンカーンコーン……

うちの会社の終業ベルは、小中学校を思い出すようなスタンダードなものだ。わたしは途中だった作業が一段落したタイミングで、顔を上げた。定時だが周りに人はおらず、わたしは事務室に一人きり。とはいえこの課では珍しいことではない。

今日は隔世調査委員会の事務室ではなく、会社の事務室で仕事をする滅多にない日だった。月末なので事務作業があり、部長を通して書類を総務部に渡す必要があるのだ。それは会社の事務室のパソコンでしかできない。

課長は例のごとく出張中で不在のため、明日の朝までに直接普段かかわりのない部長に書類を提出する必要がある。

瀬戸内さんがいてくれれば緊張しないで済むのだが、残念ながら彼は他の先輩のサポートについており、今はいない。やはり若手とはいえエリートの彼は、どんな現場にも引っ張りだこだ。

わたしとしては課の役に立ちたい気持ちはあれども、ガンガン怪異や隔世とかかわっていく度胸はないので、たまの単純な事務作業はありがたい。

(それに、また暴走して誰かを傷つけちゃうかもしれないもんね)

わたしは、柊良子の、否、柊木友美の隔世を思い出す。

あの世界に溜まった怨念とシンクロしたせいで、わたしはおかしくなった。万能感と高揚感に酔い、見た目まで変わった。

ことを解決した後、サクヤさんに自分の正体を聞くも、結局うまくごまかされてしまったし、わたしは未だに自分の力とは何かを知らないでいる。

(瀬戸内さんもなんか、わたしの暴走？　に思うところがあるみたいだったし……)

あれから少しよそよそしいというか、何か悩んでいるというか。怪我をさせてしまったせいで怖がらせてしまったのかと思っていたが、そういうわけでもなさそうだった。

……結局ここでも、わたしは自分の居場所を作れないのかもしれない。

わたしは手に持った書類を見下ろし、ため息をついた。


部長に無事書類を渡し、わたしは肩の荷が下りた気分で事務室への廊下を歩く。

なんにせよ、今日は早く帰れそうだ。

事務室に戻り、電気を消し、かばんを持って外に出ようとしたその時、

「あの」

声を掛けられた。

「……確か近澤さん、だったよな。ちょっと、いいか」

顔を上げると、目の前には意外な人物が立っていた。

見覚えのある顔だ。瀬戸内さんと仲のいい、わたしがもともと所属していた係の、隣の係の若手社員——確か、名前は相楽、龍一さん。

「わたし、ですか……？」

でも、なんで？

相楽さんとは、彼がぶつかりわたしのスマホを落とした時、一度だけ話したことがあるが、彼はひどくわたしを恐れていた様子だった。それなのに、どうしてわざわざうちの課の近くまで。

「あの、瀬戸内さんに御用ですか？　彼は今不在で」

「あ、いや」

こちらの言葉に、相楽さんは少し迷った素振りを見せたが、ややあってから「詩矢にじゃないんだ」と口を開いた。

「近澤さんってさ、その……オカルトとかに耐性あったりしねえか？」

思わずどきっとした。

「オカルトって、怪奇現象とか霊とかのこと、ですか？　どうして、わたしに」

「どうしてって、そりゃあ……」

相楽さんは若干青褪めた顔で、躊躇いながらも——言う。

「霊的に『やばい』奴だから。あんたが」

「や、『やばい』？　霊的に？」

脳裏に、隔世での出来事がよみがえる。

あれは確かに『やばい』出来事だった。だが、相楽さんには関係ないことのはずだ。

だからこそ彼の言っている意味がわからずにいると、相楽さんはこちらが本気で困っていることを察したのか「まじかよ」と零した。

「無自覚の方がもっとまずいじゃん」

「どういう意味ですか」

「……信じられないかもしれないけど、俺たぶん、霊感みたいなのあるんだよな。たまにいわくつきの墓地の近くを通りかかると、『いる』ことがわかったりする」

「え……」

霊感がある？

さすがに驚いて目を丸くすると、「ホントの話な」と相楽さんは改めて言った。

「どこにいるとか、そこまではわからない。見えないし何も聞こえない。けど、『いる』ことだけはわかるし、そいつがやばい存在なのかどうかもなんとなくわかる。……たとえばあんた、ぬいぐるみ？　みたいなの持ってるだろ」

ほら、それだよ、と相楽さんがわたしの通勤用かばん――からほんのわずかにはみ出たクマを指さす。

そういえば、燃やすのを忘れて持っていたままだった。

思い出して、今さらながら青褪める。

「悪いこと言わないからそんなの持ち歩かない方がいいぜ。初めてちらっと見た時、相当嫌な感じがした」

「！」

「時間経つにつれてちょっとずつマシになってってたけどな。どういう理屈かは知らないけど」

わたしは黙り込んだ。——彼は本物だ。

本当に霊感があるんだ。あのクマのぬいぐるみは呪物そのもの。それを『やばい』と称したのならば、彼のアンテナは正確であるということになる。

わたしが呆然としていると、相楽さんは「でも」とわたしを見た。

恐ろしいものを見る目だった。

「——あんたは、そいつなんかより、格段にやばい」

「え」

思わず、絶句する。

「冗談で言ってるんじゃない。マジな話だよ。『嫌な感じ』じゃなくて、ただただ『やばい』。周りを不幸にする噂の真偽は知らないけど、あんた自身がやばいのはガチだ」

「わたしが、やばい……」

「俺は誰がとり憑かれてるとか、普段そういう細かいことはよくわかんないんだけどさ。こんなにはっきりこいつはやばい、規格外だってわかったのは初めてで」

「……」

なら、彼が以前わたしに怯えていた様子だったのも、その霊感が関係していたのか。わたし自身が彼の言う、霊的に『やばい』存在だったから――。

呆然として立ち竦む。

やはり、わたしは、普通の人間ではないのだろうか。

「ただ、詩矢が近澤さんと親しくしようとしてたから。俺はあいつの人を見る目を信用してる。だから近澤さんが……あれでも、あんた本人が悪人でないということはわかる」

だから、と彼は躊躇いを見せながらも、言う。

「力を貸してほしいんだ。もちろん、お礼はするから」

「相楽さん」

彼は、彼の感覚を根拠にわたしを心の底から恐れている。それは間違いない。

――だが、そんなわたしを頼ろうとしている。

それはわたしが霊的に規格外の『やばい』存在だからこそなのか？　あるいはそんなわたしよりもまずい存在に、困らされているからか？

（わたしが一体何者なのか、サクヤさんは教えてくれない。瀬戸内さんも）

だが、彼の霊感があれば、何かがわかるかもしれない。

自分自身がなんなのかがわかれば、もう人を傷つけないで済むようになるかもしれない。

わたしはごくりと唾を飲みこむと、覚悟を決めて彼の顔を見上げた。

「――何があったんですか」

「聞いてくれるのか」

頷く。

聞くだけしかできないかもしれないけど。

「夢を、見るんだ。ここ毎日同じ夢を」

「毎日同じ夢、ですか」

「そう。そこで俺は、鬼ごっこを強制されるんだ。思い出すのも気持ち悪いくらいの、化け物じみた見た目の『鬼』に」

鬼ごっこを強制される。それはつまり、

「毎日、その『何か』に追いかけられてる、ってことですか？　夢の中で」

「ああ。もうここ数日、ずっと『鬼』に追われてて。俺もう、逃げ切るのもだんだんギリギリになってきて……。ずっと誰かに言おうか迷ってたんだけど、どうすればいいのか全然わかんなくて」

掠れた声で言った相楽さんが、真っ青な顔を手で押さえる。

気がつけば、彼の身体は小刻みに震えていた。

「……眠って、気がついたら、きたねぇ校舎の、小さい教室にいるんだよ。ま、窓の外の空は気持ち悪いくらい真っ赤で、こ、校舎からは出られない。窓も、昇降口の扉も開かない！」

「相楽さん？」

様子が変だ。

そう思い、もう一度呼びかけたが、焦点の合わない目で彼は続ける。

「の、ノイズ交じりの『夕焼け小焼け』とかが流れてて……それで、奴が、奴が来るんだ。それで俺に言うんだ。『にげられたらかち』、『つかまったらまけ』。『くだいてくってちにくにして、そしたらおまえもここのなかまだ』『ともだちになろう』って――」

そこまで聞き、わたしは慌てて相楽さんの背を支えた。「相楽さん、落ち着いて」

相楽さんはすっかり錯乱し、恐慌状態に陥ってしまっている。

仕方ない。――わたしは短い呼吸を繰り返している彼の背を、思いっきり叩いた。

相楽さんは「いッ」と痛みに短く呻くと、我に返ったようにこちらを見た。

「今、俺……」

「様子が変でした。大丈夫ですか」

「わ、るい。取り乱したみたいで」

「いえ、わたしは平気ですが。相楽さんは、大丈夫ですか」

相楽さんは黙り込む。

だらだらと脂汗をかいたままの彼を、どうしようと思いながら見つめていると。

「リュウ。その夢が始まったのって、具体的にいつ頃？」

不意に聞き慣れた声がした。わたしと相楽さんは同時に声の方向を振り返る。

「詩、矢」

呆然としたように、相楽さんが声を漏らす。そこに立っていたのは瀬戸内さんだった。

いつの間に帰ってきていたのだろう。

……なぜか、ひどく怖い顔をしている。隔世調査委員としての、冷徹な顔とはまた違う。

明確に怒りが滲んだ、しかし雪のように冷ややかな表情だ。

瀬戸内さんのそんな顔を今まで見たことがなかったのだろう。相楽さんが戸惑ったように、「いつから聞いてたんだよ」と視線を揺らす。

が、瀬戸内さんは凍《い》てつく声で「そんなことはどうでもいい」と切って捨てた。

「リュウ。いつからその夢を見てるのか、早く答えろ」

「ちょ、瀬戸内さん？」

冷たい命令口調に硬直した相楽さんが、目を見開いて瀬戸内さんを見る。わたしはあわてて瀬戸内さんを止めようとするも、彼の表情は変わらない。

おかしい。こんなの、いつもの瀬戸内さんらしくない。

瀬戸内さんには必要とあらば同僚さえ利用するような一面があるのはよく知っているが、こんな切羽詰まった様子の彼は見たことがない。

もしかして、動揺している？　でも、なんで——。

「昨日の夜で、五日目、だけど」

戸惑った表情のまま、相楽さんがなんとかそう声を絞り出す。五日目、と呟いた瀬戸内さんの顔から血の気が引いていくのがわかった。

やはり、様子がおかしい。

「それって、五日続けて逃げ続けてる、ってことですか。相楽さんの言う……鬼、から」

「あ、ああ、そういうこと。でも絶対ただの夢じゃないんだ。これ、見てくれよ」

「う、わ」

言いながら、シャツの袖とスラックスの裾をまくってみせた相楽さんの肌には、いくつものかすり傷や青痣が刻まれていた。全て新しいものである。

「これ……俺が夢の中で負った傷なんだ。全部」

「えっ」

「はじめは、寝ぼけて部屋から出歩いて、どっかにぶつけたんだろうと思った。でも、もう五日だ。それで五日とも夢の中で負った傷と同じ場所に傷を負ってた。……夢で負った傷が、現実になってるんだ」

背筋が、ぞっと凍える。

謎の夢。現実になる傷。化け物のような『鬼』。

そして、赤い赤い夕焼け——。

「リュウ」

冷え冷えとした瀬戸内さんの声に、わたしははっと我に返った。瀬戸内さんは厳しい目で相楽さんを見ている。相楽さんは、たじろぎながら「なんだよ」と言った。

「その夢が始まる前さ、誰かから同じような夢の話を聞かなかったか？　学校の中で鬼に追いかけられてる夢を見てるって」

「え、なんでわかるんだよ。そうそう、合コンで会った女子からたまたま聞いたんだよ」

「……その子と今、連絡つく？」

「いや、最近連絡止まってる。別に互いにノリで交換しただけの連絡先だったしな」

そっか、と瀬戸内さんが呟く。「じゃあその夢を見てること、俺や朝陽以外の誰かに言った？　たとえば、家族とか」

「え？　いや、一人暮らしも長いし。言ってないけど」

「そっか」瀬戸内さんがふと息をついた。「それならまあ、よかった」

その物言いに、さすがに違和感を覚えたのだろう。相楽さんが訝《いぶか》しげに眉を寄せる。

「よかった、って、どういうことだよ。なあ詩矢、お前さっきからいろいろ言ってるけど、もしかして何か知ってるのか？」

「知ってるよ」

「えっ。マジで？」

「ああ。――俺もその夢の中に閉じ込められて、鬼ごっこをさせられたことがあるからな」

は、と相楽さんが息を呑んだまま硬直した。

瀬戸内さんはそんな彼の様子に気づかず、吐き捨てるように言う。

「崩れた廃校舎、赤い夕焼け。全部同じだ、あの時と」

「え……っ」

まさか瀬戸内さんは、相楽さんと同じ目に遭ったことがあるのか。

夢の中で負った傷と同じ傷を現実で負う。相楽さんが巻き込まれた事態には、少なくとも怪異やオカルトがかかわっているとみて間違いないだろう。

なら、瀬戸内さんはいつ同じ目に遭い、どうやって助かったのだろう。

……彼が今、隔世調査委員会にいるのも、そのことと何か関係があるのだろうか。

(捜している人が二人いるから、委員会に入ったと言っていた)

ならば彼はどうして、その二人を捜したいと思うようになったのだろう。

「——その夢は呪いだ。名前は『怪夢』」

瀬戸内さんの重苦しい声に、はっと我に返る。

呪い。かいむ。怪異の、夢——。

「夢の内容を誰かに話すことで伝わり、呪われた人間は七晩、正体不明の『鬼』に追いかけまわされる。捕まれば死ぬ」

「話すだけで呪いが伝わる……?」

「リュウ、怖い話とかネットで漁ったことない？　たまにタイトルとかに『閲覧注意』だとか『自己責任系』だとか注意書きが付くものがあるだろ。読み進めるとこの話を見聞きしたらあなたにも怪奇現象が起きますよ、それでもいいですかって警告されるタイプのサイト」

相楽さんがごくり、と喉を上下させ、掠れた声で言う。「……それが、どうしたんだよ。そんなの全部嘘っぱちだろ」

「ああそうだ、九割方はな。でもあるんだよ、ごくまれに。ネットに限らず、見聞きするだけで感染する怪異や呪いっていうのが」

その一つが『怪夢』だ——瀬戸内さんは冷え冷えとした声で、そう断言した。

「『怪夢』の呪いにかかった者は、七日目の夜に必ず死ぬ。……つまり、お前に残された時間はあと二日、ってことだ。リュウ」

「……あと二日？　嘘だろ、そんな」

ありえない、と、相楽さんがかぶりを振る。

無理もない。わたしも突然のことについていけず、瀬戸内さんと相楽さんを見比べるしかできないのだから、相楽さんはなおさらだろう。

しかし瀬戸内さんは変わらず冷ややかな声で「嘘じゃない」と続けた。

「怪夢は七晩で終わる。八日目の朝、呪われていたやつは忽然《こつぜん》と姿を消すんだ。鬼に食われて途中で死んだやつも消える。お前に呪いを伝えた女子とも連絡取れないんだろ？　きっともう手遅れだ」

「い……いや、詩矢。冗談きついって。いきなり人間が消えるなんてありえないだろ……。呪いなんてもんが、存在するわけない」

「存在すると思ったからリュウは朝陽に助けを求めたんじゃないの」

震えた声への淡々とした反論に、相楽さんが呆然として押し黙る。その顔は今や紙のように真っ白だ。

普段の瀬戸内さんしか知らない相楽さんには、今の瀬戸内さんは豹変している以外の何ものでもないだろう。混乱するに決まっている。

それに、おかしな点もある。

「待ってください。矛盾していませんか、今の話」

「うん？」

「だって、瀬戸内さんは生きてるでしょう。瀬戸内さんもその、『怪夢』に囚われたことがあるんだとしたら、瀬戸内さんも消えてなきゃおかしいってことになるでしょう」

少なくとも最近の彼には、タイムリミット七日の命がけの鬼ごっこをしている様子はなかった。だとすれば、彼が『怪夢』の被害に遭ったのは過去のことということになる。

しかし説明を聞いていれば『怪夢』の鬼ごっこに追われる側の勝利はないように思える。食われるか、消えるか。彼の話が正しければ、被害者が生き残っていることがそもそも矛盾だ。

「へえ、朝陽、いいとこに気がつくね」

しかし彼はそう、あくまで冷ややかに答えるだけだった。

「そう、確かに俺がこの『怪夢』に呪われたのは、もっとずっと前のことだ。七日なんてとっくに過ぎてる」

「じゃ、じゃあ」

「――でも駄目なんだ」

ピシャリと吐き捨てられた言葉に、わたしと相楽さんは肩を跳ねさせる。

「俺は確かに助かった。今も生きてる。でもそれは、本当に特殊なケースなんだよ」

「特殊なケース？」

「つまりさ、俺は『怪夢』から生還なんてしてないんだよ」

え、と漏れた声はわたしのものか、あるいは相楽さんのものか。

わたしたちが混乱して詳細を問うよりも前に、彼は続けた。

「俺は『怪夢』から逃げ切ったんじゃなくて、預かりものの力で一時的に無理矢理呪いの進行を止めてるだけなんだ。……けど、二度目に話を聞いてしまったからには、たぶん呪いは再発する。つまり俺たちが助かるには、『怪夢』そのものをぶち壊すしかない」

相楽さんが絶句して、瀬戸内さんの目を凝視している。

預かりものの力。

そういえば彼は、ずっと自分の祓う力や浄化の力を、『預かりもの』だと言っていた。

つまり瀬戸内さんは、その『あの子』から預かった力で、呪いを無理矢理押しとどめていたということか。

「待てよ、じゃあ、結局俺が助かる方法はないってことか？　その『怪夢』とかいう呪いを壊すなんて、どうすれば」

「まず、とにかく絶対に捕まるな。『鬼』に捕まったら死ぬ。……怪我を負って、もうわかってるはずだよな、リュウ。これが『タチの悪い夢』なんかじゃないってこと」

「詩矢」

「『怪夢』にかかったら『寝ない』という選択肢はない。徹夜しようとしてもいつの間にか寝てるからな。俺も昔そうだった。どんなに起きようとしても眠ってしまうようになってた」

「そんな、マジかよ」

「ああ。それでも、あと二日だ。俺が必ずどうにかするから、逃げ切って生き延びろ、リュウ」

瀬戸内さんの声は真剣だ。

相楽さんは暫《しばら》くのあいだ唇を震わせていたが、やがて覚悟を決めたように唾を飲み下すと、低い声で「わかった」と言った。

2

「なんだと？　それは本当なのか、ウタ坊」

「本当だって。そもそもそんな緊急事態じゃないと、俺がサク先輩を呼びつけるなんてことがそうそう許されるはずないでしょ」

――例の『駅』事件で使ったカフェ。

瀬戸内さんにメッセージで突如呼び出されたというサクヤさんは、一体全体何の用だとばかりに、はじめこそ胡乱《うろん》な顔をしていた。しかし彼の話を聞くなり、みるみるうちにその整った顔を顰めていった。

「昨晩が『怪夢』五日目か……ということは残り二日でなんとかせねばならん、と。しかもウタ坊や朝陽にまで呪いが及んだ、と。頭の痛い話だな」

「やっぱり俺の呪い、再発すると思います？」

「またも話を聞いてしまった以上は間違いなく。朝陽は……わからん。耐性が作用するやもしれんが、何せ『怪夢』は強力な呪いだ。何もなしというわけにはいかんだろう」

額を手で押さえたサクヤさんがかぶりを振る。

「それにしても『怪夢』がまた現れるとは……」

「あの」わたしは思わず挙手をして尋ねた。「そもそも、『怪夢』とはどういう呪いなんですか。誰が作って、どこから現れて、どう流れていくんですか」

「少なくとも最近生まれたのではない呪い《もの》だ」彼女は苦々しい声で言った。「夢の内容を聞くことで条件を満たし、内容を知ったものは夢の中に囚われる。感染型の呪いだな」

「ひどい……」

聞いている限り、『怪夢』は無差別に感染者を増やす。獲物——夢に囚われた人間が、恐怖に耐えかねて誰かに相談すれば、その誰かも死ぬ。正確には行方不明になる。

七度、夜を迎えれば終わり。

救いもなければ、意味もない。

「あの、瀬戸内さんが『怪夢』にかかったのって、かなり昔のことなんですよね」

「ああ、小学生ですらなかった。五歳くらいだったかな。当時住んでた田舎《いなか》でさ、とある噂が出回ったんだ。そして噂を聞いた人間は忽然と消えていった。山間のちっせー町だったんだけど、行方不明者多数ってことで捜査本部も立って。……でも解決はしなかった」

「怪奇現象……呪いが原因だったから、普通の人には理解できなかったんでしょうか」

「それもある。けど、それだけじゃない。捜査の打ち切りが決まったのは、捜査員からも行方不明者が出始めてからだよ」

まさか。

「それって、捜査員にも呪いが感染したから？」

瀬戸内さんが黙って首肯する。なんということだろう。

（けど、瀬戸内さんは助かった。彼の言う『あの子』からもらった力とやらで）

しかしどうして彼は、力をもらって生き延びることができたのだろう。どうやってその、借り物にすぎない祓う力を扱えるようになったのだろう。

――どうやって委員会に入ったのだろう。

「サクヤさんは、瀬戸内さんにかかった呪いのことを知っていたんですよね」

「無論。力のこともだ」

「なら、その呪いをどうにかすることはできなかったんですか？　こうして気安く接してくださるけど、サクヤさんは、その。偉いお方なんですよね」

「いや、朝陽。それは」

「――そう、できなかった」わたしがサクヤさんを責めるのを止めようとした瀬戸内さんを制し、サクヤさんがわたしを見た。「妾は人の子の営みに直接手出しはできぬ。そう決まっておる」

「決まって、いるんですか」

「そうだ。ただ、我らにとってウタ坊は、特別だった。そう生まれてきた子だから」

だから、救うためにわずかな手出しをしてしまったのだ、と彼女は言った。

「――ウタ坊はな。人ならざるものの愛《いと》し子として生まれたのだ。だからこそ、呪いをその身におびき寄せてしまったのだ」

「人ならざるものの、愛し子……」

異能を持って生まれるわけでもない。優秀な人間であることが多いが、特別美しく生まれるわけでもない。

けれども神に、怪異に、幽霊に、精霊に、好かれてしまう。神からは寵愛《ちょうあい》を、精霊からは加護を与えられることもある。だからこそ、愛し子と呼ぶ――という。

「だが愛し子に生まれるということは、ただ人ならざるものに慈しまれるという意味ではない」

「え？」

「好かれるということは求められるという意味でもある。愛し方は人ならざるものによってそれぞれ異なる。守りたいと思う神もいれば己の檻に閉じ込めたいと思う精霊もおり、その血肉を啜《すす》りたい、力や加護を喰らいたい――という妖や怪異もいる」

思わず目を見開く。好かれるというのは、獲物として好かれるということも指すのか。

「愛し子の肉や魂を喰らえば、力が増す、とも言われる。それも然り。だからこそ人ならざるもの以外からも狙われる。愛し子の肉を食らい、自分の力を増やそうとする術師にも」

呪いは、だからこそあの地に降ったのだ、と、サクヤさんは言った。

呪いをつかさどるものが愛し子を手にするために、なるべく広がりやすいように――

『耳にすれば』発動するという呪いの形にして、放った。

「七日間の夢の呪いのかたちは、まるで狩りのそれだ。逃げ回る獲物を追いまわし、嬲《なぶ》り、最後には必ず獲物は死ぬ。八日目が来ないのは、この呪いというかたちの狩りに、獲物の逃亡という選択肢が組み込まれていないからだ」

七日間で完全に呪いが成る、ということか。

まるで丑の刻参りだ、と思った。呪いの藁人形に釘を打つあの儀式も、連夜行い、七日目で満願となって呪う相手が死ぬという。

七という数字には宗教的な意味があるのかもしれない。浄土真宗の中陰法要《ちゆういんほうよう》でも、七日ごとに故人を供養する。七の二乗である四十九日を迎えるまで、遺族は故人が極楽浄土へ行けるよう、そして何より遺族自身が悲しみから立ち直れるように祈る。

怪夢の呪いは、七日に満たずとも相手は死ぬが、七日目を越せる者はいない。そういう意味では、七日で満願という点は丑の刻参りにも重なる。

「呪いの夢は狩場、あるいは餌場だということですか」

「言いえて妙だの朝陽。そういうことだ。七日で満願の、呪いの狩場ぞ」

皮肉な、否、どこか自嘲《じちよう》するようなサクヤさんの口調に、わたしは拳を握り込んだ。

獣の理屈でいっても理不尽で悪趣味だ。弱肉強食にすらなっていない。野生の世界でも、狩りは生きるか死ぬかだろう。獲物が逃げる場合もあれば、捕食者が反撃されて殺されることだってある。

しかし怪夢の世界では、囚われたら最後、箱庭で遊びのように殺される。

殺されれば呪いを作ったモノの餌になるというわけだ。——冗談ではない。

「じゃあサクヤさん。瀬戸内さんを救った『あの子』の『力』というのは、一体どういうものだったんですか」

「……」

「サクヤさん？」

突然黙り込んだサクヤさんに、わたしは眉を寄せる。

彼女はしばらくのあいだ黙っていたが、ふと、「許しておくれ、朝陽、ウタ坊」と呟いた。

「運命のめぐりあわせとはこうも数奇なものか。よもや、分かたれたものが再び相まみえることになるとは。隠しておこうと思うていたが」

「分かたれたものが、相まみえる？」

「そうだ。——ウタ坊に貸し与えられたその『力』はもともと、とある大妖怪のものなのだ」

「えっ？」

思わず瀬戸内さんを振り返る。彼が力をもらったのは『あの子』からではなかったのか。それとも『あの子』が大妖怪だったのか。

だが、肝心の瀬戸内さんはどこか呆然とした様子で何も言わないままだ。

「朝陽。少し、長い話になるが。……聞いてもらえるか。おぬしの話でもある」

「わたしの話？」

「そうだ」

その大妖怪の名は——、『斜陽』というのだ。

彼女は、わたしの目を真っすぐ見て、そう言った。

◆

永きにわたり、人の子の営みを見てきた。

年に一度の神議《かむはか》り以外では遠くまでゆくことはなかったが、社から出て人の子たちを見守ることは、悠久の時を過ごす己にとって数少ない楽しみの一つだった。

観光地が近いため、社の周囲は人が多く、退屈することはあまりない。しかし時折静かな場所へ行きたくなると、山にある社を留守にし、やや離れた集落に赴《おもむ》くことがあった。

山間の田舎町、ゆるりとした空気が流れるそこは、常に癒しの気に満ちていた。

我が旧友・斜陽はかつて、そこに住んでいた。

奴は神話にこそ名は載っていないが、太古の時代から永きにわたり生きている妖だ。それも、神と変わらぬ力を持った大妖怪。九尾の妖狐と言えばわかりやすいかもしれんな。

奴は他の霊的存在を圧倒し、怯えさせ、平伏《へいふく》させるような妖力を持っていた。そして悪しき者を自身の力で蹴散らす浄化の力をも持っていた。

そんな斜陽も大昔は悪さをしていたが、戦乱の世が終わり科学が発展していくと妖は大人しくなり、斜陽も山の奥でひっそりと暮らすようになった。

斜陽という強大な力は、それだけで他の怪異を恐れさせ、近づけさせなかった。だからこそ山々とその周辺の土地は清浄だった。斜陽は神とは違い、妖だ。ゆえに人の世に直接関与できる。だからこそ、斜陽という『巨悪』が他の『悪』を許さず、その地は平和が保たれていたのだ。

しかしそれは突如崩れた。

およそ、三十年ほど前くらいになるだろうか。斜陽は妖と知られず、住処《すみか》である山の麓に住む人間と交流するようになったのだ。

なぜ、かつては虫と同じように殺していた人間とかかわるようになったのか。どういう心境の変化なのか。理由は妾も知らない。……いや、知らないというのは正確ではないか。斜陽から直接は聞いていないというだけで、想像はつく。

斜陽は人間を愛してしまったのだろう。

そして斜陽は住処である山から消え、そのまま行方を晦《くら》ませたのだ。

――そのために、しばらくしてその地を襲った『怪夢』の呪いは斜陽という存在の前に立ち消えることはなく、その地に停滞することになった。

人の子を介して伝えられた呪いに、我らは手を加えられない。歯噛みしていたところに、救世主が現れた。それがウタ坊の言う『あの子』だ。

その人の子はどうやら、母親と共に都会から、その町にいる母親の知己を訪ねてきたらしかった。そしてその子は、生まれながらにして人の身に余る強大な力を持っていた。

そう。ウタ坊の前に現れた『あの子』というのは、大妖怪・斜陽の子だったのだ。

人と妖怪との子。——半妖が、現れたこと。

この偶然は奇跡だと思った。

その子は自分の力をよく自覚していなかった。そして、あまりに強大な力はその子の周りを不幸にする。なぜって斜陽の力は、血は、小さな人の身が受け継ぐには強すぎる。血に呑み込まれてしまえば、精神が壊れてしまう。

……だからこそ、好都合だった。

妾は、その子の力の半分を怪夢に侵されていたウタ坊に移すことにし、ウタ坊が自らの力で悪しきものを祓えるようにした。引き寄せてしまう体質自体はどうしようもないが、自衛する能力があればどうにかなる。そして、『怪夢』は一時的にその進行を止めた。

それは、本来、禁忌だった。

我らのような存在が、たとえ愛し子であろうと、一人の人の子を贔屓《ひいき》するなど、あってはならないことだった。

わかっていたが、放ってはおけなかった。

だからこそ妾は、自分のしたことの責任を取るために隔世調査委員会に入り、ウタ坊をそこに引き入れたのだ。

これが、二十年前の『怪夢』が止まったことの顛末だ。

「大妖怪、斜陽と……神の愛し子であることにより、分け与えられた力」

そういうことだったのか。

よくよく考えてみれば、確かに瀬戸内さんはあの『駅』でも、黒い腕――死者にホーム下に無理やり引きずり込まれ、その後も執拗《しつよう》に狙われていた。彼はそのたびに踏みつけて浄化していたけれど――それも『愛し子』という体質ゆえのものだったのだろう。

そして、瀬戸内さんは高い運動能力を持っている。それは、九尾の妖狐であったという斜陽の力を与えられたからだったのなら、納得できる。

なんにせよ残された時間は二日間。

それまでに呪いを破壊しなければならないというわけか。

「もしかして」

瀬戸内さんが言う。

今までに、見たことがないほど険しい眼つきで、彼はサクヤさんを睨みつけていた。

「朝陽が『そう』なのか。てことは、サク先輩は全部気づいてたんだな？」

皮肉な声色だったが、サクヤさんは何も反論しない。どこか申し訳なさを滲ませた表情で、唇を引き結んだままだ。

「なあ、そうなんだろ。サク先輩は、朝陽がどうして怪異を寄せ付けない体質なのかも、俺が捜している子のことも、全部見当がついてたはずだ。朝陽に会った時に」

「えっ」予想外の台詞に、自然と眉根が寄る。「どういう意味ですか」

わたしが口を挟んだことに、瀬戸内さんがはっと肩を強張らせたのがわかった。

瀬戸内さんはひどく焦った顔でわたしを見た。余計なことを口に出してしまったと、その顔にありありと書いてある。

聞かなかったことにはできなかった。

「今の、どういうことですか。わたしの体質の秘密がわかったということですか？　本当ですか、瀬戸内さん」

「それは……」

躊躇いの表情。ますます瀬戸内さんらしくない。

ねえ、ともう一度問おうとした時、「妾が説明しよう」という声がわたしを制止した。

「——斜陽は、朝陽。おぬしの父親なのだ。大妖怪の血を引くからこそ、おぬしは他の怪異を寄せ付けないのだ」

「は……？」

意味もない吐息が、漏れる。

父親。……父親？

「ま——待ってください。突然、なんの話を」

わたしにとって『父親』とは義父のことだ。……だが、彼女の言う『父親』というのは、違うだろう。青井の名を持つ彼のことを言っているのではないのだろう。

だから、わたしの知らない実の父親が――。

（……嘘だ）

周囲で起こる不幸。霊を弾くおかしな体質。サクヤさんの『血というものは案外濃い』という言葉。

万能感にあふれた暴走。不思議とのびる爪。

瀬戸内さんの『祓う力』っていうのは、もともとは、わたしの物だったと、そういうことなのか。だからサクヤさんはわたしに、『おぬしの話でもある』と言ったのか。

それじゃあ、本当に、

「わたしは、人間じゃなくて、半妖……？」

口元を押さえ、震える。

そんなはずがないと思いたかったが、そのことを否定できるような材料はどこにもなかった。否、自分で、考えないようにしていたのかもしれない。

（そうか）

さっき瀬戸内さんが言った通り――サクヤさんは知っていたのだ。わたしがただの人間ではなく半妖で、斜陽の娘であるということを。

だからこそ、人の道を外れるな、とわたしに忠告した。

そして、わたしを隔世調査委員会に引き入れた。

斜陽は、他の霊的存在を圧倒し、怯えさせ、平伏させるような妖力と、悪しき者を自身の力で蹴散らす浄化の力を持っていた——と彼女は言っていた。ということは、前者の力をわたしに残し、後者の力を五歳の瀬戸内さんに渡したのだろう。彼を助けるために。

サクヤさんがわたしの正体に気がついていながら、『わたし』を捜す彼に真実を告げなかったのは、瀬戸内さんの力がわたしに返されるのを避けたかったからだ。

なぜなら彼は神々からも悪霊からも好かれやすい『愛し子』で、唯一の自衛手段が『預りもの』の力だったのだから。そして何より、死の直前で停止している『怪夢』が、再び動き出す危険性があったから。

「……今でも、覚えておる。夕焼けの畦道で、夜が怖いと泣くウタ坊に、おぬしは声を掛けた。力を貸してあげる、とな。妾が二人を、意図的に引き合わせたゆえの出会いだった」

「わたしが瀬戸内さんに、力を」

「そうだ。いかに妾とて、あの斜陽から引き継がれた力を無理やり二つに分け、誰かに渡すことなどできぬ。朝陽が朝陽自身で、力を『貸す』と認めたからこそ、妾はウタ坊に力を渡すことができたのだ」

（わたしが、認めた……）

過去に、そんなことがあったのか。

確かに母の実家があったという田舎に赴いた記憶はある。

だが、幼児の頃の記憶は朧気《おぼろげ》で、瀬戸内さんに会ったかどうかも、サクヤさんに力を分けられたかどうかも、よくわからない。

五歳と言って思い出すのは、つい最近夢に見た、夕焼けの中蹲る子ども――。

（……あ）

まさか、本当にあの夢は、わたしの幼い頃の記憶だったのだろうか。

小さいわたしは、同じくらいの年頃の男の子と話をしていた。

赤い夕焼けの下、わたしは泣いているその子に手を伸ばした――その時に、わたしから彼に力が渡されたのか。サクヤさんの手を介して。

（わたしのこの力は）

大妖怪だという父から受け継いだものだったのか。

「朝陽、俺は……」

瀬戸内さんの顔色は優れない。いつもは飄々としている彼が、今はまるで迷子のような顔をしていた。

「ウタ坊。そして特に、朝陽。今まで黙っていてすまなかった。あの時、朝陽は幼かった。自分にどんな力があるかすらよくわかっていなかった。……あれを『認めた』と取ったのは、妾の身勝手そのものよな」

サクヤさんが、沈んだ声で言った。

「妾が黙っていたのは、ウタ坊が朝陽に力を返そうとするのを止めたいがためだった。『怪夢』を呼び起こすわけにもいかぬ。また、善きものからも悪しきものからも好かれてしまうウタ坊にとって、預かった力は生命線そのもの」

「サクヤさん」

「が、それだけではない。父親が妖怪であることは朝陽には受け入れがたいだろうと思ってのことでもあった」

「……ええ。そのご配慮は、理解しているつもりです」

実際に今、わたしは心の底から動揺している。サクヤさんと出会ったばかりの頃に聞かされていたら、きっともっと戸惑ったことだろう。

父のことも、瀬戸内さんが半分持っているという自分の『力』とやらのことも、今ですらあまりピンと来ていない。力を返す返さないの話をする以前の問題だった。

サクヤさんは、当惑のなか俯くわたしを見て痛ましそうな顔になったが、「今はとにかく」と続けた。

「相楽龍一を経由して、まんまと再び『怪夢』に囚われることになってしまった以上、もはや谷塚美萩とかかわらないというわけにはいくまい。どうかおぬしらも全力で委員としてのすべきことをしてほしい。妾も方法を考える」

「わかりました」

サクヤさんの言葉に、神妙に頷くわたしの横で。

瀬戸内さんは苦しげな顔をして、何やら深く考え込んでいるようだった。

3

ノイズが交じった『夕焼け小焼け』が響き渡る。

「ん……」

むくりと身体を起こすと、そこには見慣れない景色が広がっていた。

わたしがいるのは見たことのない教室だった。汚れた壁、小さな机、ひっかき傷だらけの黒板。床板はめくれ、椅子は脚が折られている。わたしはパジャマで、裸足《はだし》。

「ここ、は……夢？」

びり、とひときわ大きなノイズがあったかと思えば、放送が途切れ、今度は『赤とんぼ』と『夕焼け小焼け』と『七つの子』が交じりあいながら流れる。

窓の外は、あの『こっくりさん』をやった時を彷彿《ほうふつ》とさせるような、真っ赤な夕焼け。

「なんなの、ここ。どこ？」

わたしは身震いし、不気味なノイズ交じりの音楽を流しているスピーカーを見た。

異様な状況、異様な光景。

「まさか、『怪夢』？」

呟いてみて、ハッとした。——汚い校舎。小さな教室。そして赤い夕焼け。

この景色、全て昨日相楽さんが話してくれた『怪夢』の鬼ごっこの舞台にそっくりだ。

「ということはやっぱりわたしも、呪いに感染しちゃったのか……」

怪異のたぐいは跳ね返すことができるわたしの体質をもってしても、サクヤさんは、『怪夢』から逃れられるかはわからないと言っていた。覚悟していたことだ。

――と、そこまで考えた、その刹那。

キーンコーンカーンコーン、と、スピーカーから音の外れたチャイムが鳴り響いた。日本人ならば誰もが聞いたことがあるであろう、ウェストミンスターの鐘。

反射的に顔を上げると、ジジ、と音を立てたスピーカーから、声がした。

到底人間とは思えない、おぞましい、何かの声。


『あ、ソび、まショ』


「は」

ガラリ。

息を呑んだその刹那、扉が開く音がした。

振り返らなくともわかった。そこに、何かが、いる。

だって、気配がするのだ。今、振り返ったらまずい。見てはまずい何かがいる。

逃げなくては。一刻も早くここから逃げなくては。

『みツけた　ぁソぼ　にげラレたラ　かチ』

——だってこれは、鬼ごっこなのだから！

一目散に駆け出した。行く手を阻む机や椅子をなぎ倒して、ぶつかった椅子が膝に痣を作るのも構わずに。

『あハあハあハあハあハあハ』

後ろで何かが笑っている。

わたしは悲鳴を我慢しながら、教室を飛び出した。背後の足音に気を取られまいとしながら、必死に足を動かす。クマのぬいぐるみの時とは、おぞましさが桁違いだ。

……瀬戸内さんと相楽さんは、こんなものとずっと、鬼ごっこしていたのか！

「はあっはあっはあっはあっ」

泣きそうになりながら近くの教室に飛び込む。扉を閉め、鍵を締め、その扉に寄りかかる。

ばくばくばくばくばく、心臓がうるさい。ぶつけた箇所が今頃になって痛くなってきて、わたしは涙が滲んだ目をこする。

逃げるって、どうやって？　目を覚ませばいいの？

外は変わらず赤い夕焼けだ。現実で夜が明けるのはいつ？

「みんな……」

ふと脳裏を過る、中学時代の友達の顔。いなくなった三人の顔。

彼らもわたしも赤い夕焼けを見て、そして引き裂かれた。怪異のせいで。

——ドンッ！

「っあ」

『あハあハあハあハあハ、アハははははハッ』

教室の二つの扉のうち、わたしが寄りかかっていないほうの扉がけ破られた。そしてけたたましい笑い声が響きわたる。

そして——『鬼』は、ゆっくりと入ってきた。

「ヒッ」

大人の身長ほどの体長がある鬼の容貌《ようぼう》は、さながら、雑に継《つ》ぎ接《は》ぎした人間のようだった。

手脚があり、顔があり、顔のパーツがある。しかしそれはまるでへたくそな福笑いのように、正しい位置にはなかった。そして、目も、鼻も、口も、腕も、脚も、何もかもが、別人のもののように思えた。色の違う二つの目、他パーツと肌の色が違う鼻、長さの違う手脚。

たくさんの人間を集めて、パーツを全部バラバラにして、同じ容器に入れてかき混ぜて、パーツを無作為に拾い上げて、全身の福笑いをしてできたような、悪趣味な肉の塊。

継ぎ接ぎの『鬼』は、頬にくっついた分厚い唇から、声を紡いだ。

『あ　ハ　は』

逃げようとして、足がもつれて転倒する。気配がすぐ近くに来ている。

目の前に接近していた『鬼』が、笑う。顔なんて、表情なんて、その容貌からはわからないはずなのに、明確に理解できた。こいつは今、笑ったのだ。

「たすけ……」

鬼が口を開ける。喰われる。――そう思った時だった。

『あォい』

「え？」

鬼ではない、けれど人間でもない何かの声がして――そして黒い靄のような何かが『鬼』に纏わりついた。『鬼』の動きが止まる。

「な、なにが」

起きたの、と、そう零したその刹那。

――ピピピピピ、と。

甲高いアラームの音が、耳のすぐそばで弾けるように響き渡った。

4

「っっ！」

がば、と起き上がる。

そこは自宅のベッドの上だった。鳴り響くスマホのアラームを止め、荒い息を吐きながら時間を見る。——時刻は午前六時。目覚ましが鳴る時間だった。

アラームのおかげで、助かった。

混乱した頭が、徐々に冷静になっていく。そうだ。サクヤさんと会った後、わたしはふつうに家に帰って、寝た。それで、『怪夢』を見たのだろう。

「も、こ、怖かった……」

眠っていたはずなのに、ひどく疲れた。

わたしは自分の腕を抱きながら、そっと布団から脚を出した。捲《まく》りあがったパジャマのズボンから見えた膝や脛《すね》には、見覚えのない新しい青痣があった。

「ヒッ」

本当に、わたしも『怪夢』の呪いにかかってしまったのだ。

それを、あらためて目の前に突き付けられ、震える。

(いや、待って。それよりも)

わたしがこんな目に遭っているのだとしたら、相楽さんはもちろん、瀬戸内さんも夢の中で強制的に鬼ごっこをさせられているんじゃないか。

まずい。

彼らもはやく起こさなくては。

「出ろ出ろ出ろ出てぇ……!」

急いでスマホに飛びつくと、わたしは瀬戸内さんの番号を呼び出し、祈るように呟く。

呼び出し音が暫く続いた後、ぷつ、という音とともに、『……朝陽？』という声がした。

ほっと息を吐く。

生きていてくれた。

「おはようございます、瀬戸内さん。無事ですか」

『……おはよ』

案の定と言おうか、彼の声は疲れ切っていた。今まで眠っていたのは間違いない、どこかぼんやりした声であるのに、息切れをしている。

『っは……モーニングコール助かった。本気で死ぬかと思ったよ』

「相楽さんも早く起こさなきゃまずそうですよね、彼の電話番号はわかりますか」

『うん、わかる。じゃあ起こすからまた会社で』

瀬戸内さんは言うなり、電話を切った。

わたしは暗くなった通話画面を見下ろしながら嘆息する。

――これが、七日も続くのか。隔世の知識を持ったわたしでさえぎりぎりだったのだ。幼い子どもだった瀬戸内さんと、怪異に耐性のない相楽さんは、どれだけ苦痛だっただろう。

そして彼らには、もはや時間がない。どうにかして『怪夢』を打ち破らなきゃいけない。何か。何か方法はないのか――。

「正直、まずいよな。六日目は乗り切ったけど、俺はともかくリュウが満身創痍《まんしんそうい》すぎる」

「悪い……」

◆

会社の昼休み。オフィスの中にあるカフェのテーブル席で、項垂《うなだ》れる相楽さんの声は掠れている。

昨日も元気がなかったが、今日は輪をかけて元気がない。目の下には濃い隈《くま》もあり、腕や脚もかすり傷や打撲痕でボロボロだ。……だが、無理もない。瀬戸内さんとわたしは実質一日目だが、相楽さんは六日続けてあの化け物に襲われ続けているのだ。

「いや別にリュウが悪いわけじゃないよ。もっと早く言ってくれよとは思ったけど、言いにくい気持ちもわからんでもないしさ」

何はともあれ、と瀬戸内さんは続ける。「明日が言葉通りのデッドラインか。まずいな、なんも手がかりが得られてない。リュウもこんなヘロヘロだし……何か気づいたことない？」

「ヘロヘロでも仕方ないだろ、一日目からロクに眠れてねえんだよ。ここのところの睡眠時間なんて、通勤中と就業時間中のうたたねくらいだ」

「わたしも、夢の中で追いかけられていたとはいえ、一応身体は寝ていたはずです。なのにかなり疲れていて……追いかけられて精神が疲弊したんでしょうか」

　気持ちの持ちようでドッと疲れることはきっとよくあることだろう。しかし、瀬戸内さんは「うーん」と零し、首を捻る。

「ただの気持ちの持ちようでこんな隈とかできるもん？　疲れてるのはわかるし、怪我は怪異のせいだとして、一応は身体は眠ってるはずで――」

「どうした詩矢」

「……いや、あのさ、逃げてる時って二人ともどんな格好だった？」

「ええと、パジャマだったと思いますけど」

「俺も。寝てた時の格好だった」

　裸足で走っていたしたぶん間違いない、と相楽さんが付け加える。

　瀬戸内さんはなおも考え込んでいたが、ややあってからわたしを見た。

「なあ、朝陽。俺たち、夢の中で怪我をして、それが現実に反映されたんじゃなくて、夜に眠った瞬間に、普通に隔世に飛ばされてたんじゃないか」

「……え？」

　かくりよ？　と首を傾げる相楽さんをよそに、わたしは目を見張る。

　さすがにそんなことは――いや。

「有り得ない話じゃない、かも」

　もしあの学校のような、おぞましい夢の光景がある種の『現実』だったとすれば、負った怪我がそのままなことにも、疲労感が残っているのも寝不足なことにも、何より呪いにかかった人々が忽然と消えていることにも説明がつく。

七晩目を乗り越えられなかった人たちはきっと、そのまま隔世に取り込まれてしまったのだ。

「俺は一人暮らしだし、五歳で田舎にいた時も一人寝だった。夜中に忽然と姿が消えていたとしても誰も気づかないはず。自分で目覚めるか、音やらなんやらの衝撃で覚醒するかすることで、こっちに戻ってくるのだとしたら……」

「ええ。ある、と思います」

「いやいやちょっと待てよ。何の話だよ二人して、さっきから」

「ああ。そういえば、説明してなかったよな」

瀬戸内さんが相楽さんを真っ直ぐ見る。

ここまで聞かせておいて、説明もなく誤魔化し続けるというのも無理な話だろう。

瀬戸内さんが口を開く。

「実はさ――」

◇

「それって」

説明を全て聞き終えた相楽さんが、半ば呆然としたような声で零した。「全部マジな話？」

「リュウは俺が、今この状況で冗談言ってると思う？」

「……思わねえな」

しかし、そう言いつつ、相楽さんは相当混乱している様子だ。

だが無理もない。『怪異』『異界』『呪い』『呪術師』『妖怪』そして『隔世』——それらは霊感を持っているにしても、普通に生きていれば滅多にかかわることがないものだ。

「なあ、詩矢の力っていうのは『鬼』にちゃんと効くのか？　もともとは、斜陽とかいう強力な妖怪の霊力なんだろ」

「効くよ。ただ倒せはしない。足止めくらいならなんとかってところかな」

肩を竦めてみせる瀬戸内さんに、相楽さんが「そりゃ残念だ」と鼻を鳴らす。

「でもまあ、少し謎が解けたよ。話聞いててさ」

そう言い、顔を上げた彼がちらとこちらを見た。

「近澤さんがやばい存在なんじゃないかって感じてたけど、それ、お前の親が原因だったんだな」

「……です、ね」

気づく余地はいくらでもあったということだ。

ちらと瀬戸内さんのほうを見れば、彼の顔はひどく曇っていた。

彼はわたしから『力』を分け与えられた、ということを知ったことで、どうやらそのことを負い目に思っているらしかった。自分が力を奪ってしまっているのだと。

(気に病むこと、ないのに)

わたしの力がなければ、瀬戸内さんは五歳の時、あの赤い夕焼けの世界に取り込まれ、おそらくは命を落としてしまっていただろう。むしろ瀬戸内さんがわたしの力のおかげで助かったのなら、わたしが斜陽の子である意味がある気がするから。

「……あれ」

そこまで考えたところで。

わたしは不意に、何かを思いつきそうになった。

しかし、それは浮かびそうになったところですぐに消えてしまった。……なんだったのだろう。何かとても、大切なことを思いつきそうな気がしたのに。

——キーンコーンカーンコーン
と、その時、昼休み終了の予鈴が鳴った。

心臓がどくん、と脈打つ。

「とりあえず事務室戻ろうぜ、詩矢」

「……ん、そうだな。行こう、朝陽……朝陽?」

ウェストミンスターの鐘。

誰もいない教室。小さな机と椅子。

出られない校舎。割れない窓。

繰り返されるノイズ交じりの童謡。

——血のように、赤い、夕焼け。

「もしかして」

わたしは弾かれたようにガタンと立ち上がり、瀬戸内さんを見た。

まだ椅子に座ったままの彼が、面食らったように目を見開く。しかしわたしは構わずに、自分らしからぬ強い口調で言った。

「瀬戸内さん。大至急、サクヤさんに調べてもらいたいことがあります」

5

常よりも長く思えた就業時間を終え、定時を迎えたわたしのもとに、瀬戸内さんを通してサクヤさんから連絡が届いた。内容は『調べ物が終わったから所定の場所に来い』とのこと。

「ついでにリュウも一緒に来いだって」

「噂の『サク先輩』か……聞くだにやばい人だろその人も」

リュックを背負った相楽さんが嫌そうに頭を掻く。

そのまま三人で連れ立って会社を出る。妙な組み合わせに怪訝そうにする社員もいたが、気にせず立ち去った。

――サクヤさんがわたしたちを呼び出した場所は駅前のカラオケ店だった。受け取っていた部屋番号を受付に告げ、その部屋に向かう。

サクヤさんは奥の座席に座っていた。テーブルには資料らしき紙束が積まれている。

「サクヤさん、お待たせしました」

「構わんよ」

鷹揚に頷いたサクヤさんに会釈しつつ、それぞれ席に着く。

ぎこちない動きで座った相楽さんの顔色は悪い。

「……大丈夫ですか？」

「大丈夫なわけないだろっ、なんだアレ」

相楽さんの様子がおかしいので小声で聞いてみれば、彼は覇気のない声で噛みついてきた。「想像以上にやばいじゃんか。アレが『サクヤさん』かよ」

こちらがこそこそと話している内容が聞こえていたのか、瀬戸内さんが「そうだよ」と口を挟んでくる。それを聞き、相楽さんはさらに苦い表情になった。

彼は、わたしたちの上司であるサクヤさんが、美しいがまだ幼い少女であることにはまったく言及しなかった。見た目に驚かないほどに、彼の霊感が、サクヤさんを『やばい存在』だと認めているということなのだろう。

そんな相楽さんを見て、サクヤさんは「ほう」と目を細めた。

「視えも聞こえもせぬようだが、なかなか良いアンテナを持っておるな。名を何というう？」

「……相楽、龍一、です」

「リュウ坊、妾は咲夜だ。おぬしも災難なことよな。肩の力を抜くがよい。ここにはウタ坊と朝陽がおる。一人よりは安心であろう」

ふ、と零されたサクヤさんの神秘的なほほえみに、相楽さんが息を呑む。

彼が黙り込んだのを見て、ややあってから彼女は「さて」とわたしを見た。

「本題に入ろうか。朝陽、ウタ坊」

涼やかなのにやけに重く低く聞こえる声が、カラオケルームにゆっくり満ちる。

サクヤさんは目の前に積み上げられている書類のうち、薄い紙束を一つ取り上げた。見覚えのあるクリップで留められた書類。

「十年前の、第三支部による調査報告書だ。……朝陽の睨んだ通りだったな」

そう言うと彼女は、その報告書を、全員が見ることができるように中央に置いた。

報告書の十ページ。Z－253と呼称される隔世で見つけられた、被害者による手記の記録。

以前、わたしが瀬戸内さんに見せてもらったもの。

「これって……『隔世』ってとこに閉じ込められたやつらが書いたのか？」

ただでさえ顔色の悪い相楽さんが、手記の内容を見てさらに青褪める。

生きたいと思いながらも絶望に呑まれかけている中学生の言葉。足掻きたいのに、どうしようもないという諦念が滲む文章。それはあまりにもリアルで、彼らがまさに死に瀕しているのだということがわかる内容だった。――そして、

「これは十年前、わたしと一緒に『こっくりさん』をして、行方不明になった子たちが最後に遺したものなんです」

近澤朝陽は不幸を呼ぶ、と。間違ってもいて、同時に何より正解でもあった噂。その根源となった事件のその先の――あるいは、最後の報告書。

「二人に、記述を見てほしくて。ほら、ここ」


『気づいたらわたしたちは見たこともない学校に閉じ込められていた。扉が開かなくて、窓が開かなくて。校舎からまったく出られなくて。壊そうとしてもびくともしない』

『終始、壊れたみたいにスピーカーから童謡が繰り返し流れてきて。頭がおかしくなりそう』

『窓の外の景色は真っ赤な夕焼けのまま変わらないし』

『でも、それより先に、あいつらに食べられて死ぬかもなー。今も外で扉を叩いてる。がんがん、音がしてる』


「これって」

読み進めていくにつれ、瀬戸内さんと相楽さんの顔が強張っていく。

二人が同時に顔を上げてこちらを見たので、わたしは首を縦に振った。

「似てませんか。『怪夢』の舞台に」

あくまでも体感的な話ではあるが、わたしはあまり長い時間あの夢の中にいたわけではないので、窓などが開かないことを確かめてはいない。しかし、汚れた小さな校舎の中で、壊れたような童謡を聞いた。窓から見える、禍々しいほどに真っ赤な夕焼けを見た。

わたしは委員として新米も新米だ。隔世について詳しく知っているわけではない。

だが――こんなに、異界というものは似通うものなのだろうか。

「確かに、似てる」

瀬戸内さんが呆然とした表情で、小さく呟く。

「いや、こんなに共通点があって、違う隔世のはずがない。朝陽の友達と俺たちは、違う儀式、違う呪いによって、同じ隔世に招待されたんだな。……悪い、『怪夢』から一旦解放されて以降、夢の内容は思い出さないようにしてたから、気づくのが遅れた」

「無理もないと思います。思い出したくもないことだったでしょうし」

瀬戸内さんはこの、咲綾ちゃんや田中くん、水橋くんたちが閉じ込められた事案について、こう言っていた。こっくりさんをすれば、呼び出されるのは低級の獣霊であるはずなのに、彼らは不運にも高位の怪異を呼び寄せ、隔世に閉じ込められてしまったのだと。

咲綾ちゃんたちは『怪夢』の主か何かに運悪く「呼ばれて」しまったのだろう。

「じゃあ、この『あいつら』っていうのは、あの気色悪い鬼のことなのか」

「たぶん。教室に立てこもってた、んじゃないかな」

そして、何もできないまま七日がすぎてしまったのだろう。

彼らは、夜眠る際にだけ隔世に連れてこられたわけではなく、怪異を呼ぶこっくりさんの儀式によっておそらく強制的に招喚された。そのため、食料も水も心もとないまま、生身で七日間まるまる、鬼のいる異世界にいたことになる。

どれだけ恐ろしかっただろう。

どれだけ哀しかっただろう。

友人たちの絶望を想像するだけで、涙が出てきそうだった。

重い沈黙がその場を支配したタイミングで、サクヤさんがおもむろに口を開いた。「行方不明事件が起きた十年前の当時、教育実習に来ていた学生の中に、谷塚美萩の名前があった」

「調べたところ」

「なっ、まさか。十年前に大学生や大学院生だったたってことですか？　今も二十代半ばにしか見えないのに」

「呪術師の中には霊力の関係でなかなか見た目が変わらぬ者もいる。ありうる話だ」

「それじゃあ」

——怪夢の隔世《のろい》を作り出したのは、谷塚美萩ということなのか。

愛し子である瀬戸内さんを狙ったのと、わたしを狙ったのは同一人物だったと？

（いや、ありうるのかもしれない）

サクヤさんは言っていた。愛し子は人ならざる者以外からも狙われると。愛し子の血肉を、力を啜れば異能の力が強くなる。呪術師である谷塚美萩にも瀬戸内さんを狙う理由がある。人より強い霊力を持つらしいわたしを狙う理由も、おそらく同じようなものだろう。

（と、いうことは）

十年前も――はじめからわたしが狙われていたということなのか。

消えた友人が残した記録には、誰がこっくりさんを始めたのかについて、『誰かに勧められたんだっけ』というように書かれていた。わたしは覚えている。こっくりさんをやろうと言い出したのは田中くんだった。

そして田中くんは、教育実習に来ていた先生と仲良くしていた。

わたしはすっかり忘れていたが――あるいは忘れるようにさせられていたのかは知らないが、彼と親しくしていたあの先生が谷塚美萩だったとするならば、彼は彼女に唆《そそのか》されたのだろう。――『こっくりさん』をやってみたらどうかな、と。

「朝陽。当時、『怪夢』の噂話が周りで流行っていたり、誰かが脈絡もなく失踪する話が頻発してはいなかったか」

「いえ。なかったと思います」

「であれば、手っ取り早く自分の呪いの舞台……隔世に引きずり込むために『こっくりさん』の儀式をさせたのであろうな。『怪夢』は人から人へ伝わる呪いだ。人から伝わらなければ効果がない。周囲で流行っていなかったのなら、朝陽を『怪夢』の呪いで隔世に来させることはできん」

教育実習生であれば、わたしの仲のいい友人のうち一人が彼であることは知っていたかもしれない。だから、わたしから斜陽の力を奪うために、友人たちを唆してこっくりさんをさせた。怪異を呼び寄せる儀式。あるいは思念、呪いをその身に降ろす儀式。

だが、彼女の本当の狙いであるわたしだけは、助かった。

「おそらく奴は気がついたのだろう。はじめはただ強い霊力を奪おうとしていたが、儀式の効果を跳ね返したことで、朝陽にあるのは強大な霊力だけではなく、大妖怪という毒を以てその他の怪異の毒を制すような、異様な体質だと」

「だから、十年前は撤退した、ということですか」

「うむ。おおかた作戦を練り直すためだろう。……今になってリュウ坊が呪いを受けたのは、偶然か、あるいは奴にその霊感を狙われたがために呪いがその身まで辿り着いたのか……そこまではわからぬが、どちらも有り得ると言えるだろう」

「……」

わたしは唇を噛み、俯いた。

相楽さんはそうかもしれない。わたしに関係なく、彼自身の力を狙われたのかもしれない。

だが、中学時代の友人たちはどうだ？

わたしは、やはり不幸を呼んでいたのだ。瀬戸内さんは否定してくれたが、三人は巻き込まれて隔世に飛ばされた。それは事実だ。血によって、因果によって、わたしが彼らの不幸を生んでしまった。悪縁に引きずり込んでしまった。

いつかサクヤさんが言っていたように、因果を他人に分けようとも、血は濃いということなのだろう。わたしはやはり、人とかかわるべきではないのかもしれない。

（……でも）

けじめはつけるべきだろう。

これ以上、わたしに巻き込まれて、不幸になる人が出ないように。

「サクヤさん」

わたしは、スカートのポケットに入れっぱなしのクマのぬいぐるみを握りしめる。

もう、すっかり呪いの残滓が消えた、小さなボロボロのぬいぐるみ。

「これまでの話からすると、咲綾ちゃんたちが飛ばされた場所と、『怪夢』の舞台は同じ異界なんですよね」

「ああ。執拗にそこにおぬしを『招こう』としているあたり、そう考えるのが自然よな」

「なら、今からそこに向かうことって、できるでしょうか」

サクヤさんの眉間に皺が刻まれる。「……何？　どういうことだ、朝陽」

「どうせ、夜になったらわたしたちは強制的に眠ってしまって、七晩目が始まるでしょう。

招かれる先がわかってるなら、自分から向かった方がいいんじゃないかと思ったんです」

「朝陽、おぬし……」

「いや、でも一理あるかも」瀬戸内さんが口を挟んだ。「俺らが向こうに取り込まれる方法がわからない。呪いにかかった人たち全員が七晩目を越せなかったっていうのが、『必ず鬼に捕まるようになってる』のか『単に逃げ切れた人がいなかった』のか――『眠って隔世に飛ばされた時点で異界に取り込まれる』のか、何もわからないだろ。……だったら大人しく夜を待つより、こっちから赴いた方がいい。界渡りの水晶もサク先輩が持ってるんだろ？」

わたしたちのそんなやりとりを見て、さらに難しい表情になったサクヤさんが、重い口を開く。

「やめておいたほうがよい。自らの意思で怪夢を作り、隔世を作り出したあやつは、もはや普通の呪術師とは一線を画しておる」

「サクヤさん……」

「あの駅の隔世の際、あやつは朝陽を見に来ていた。防犯カメラに姿が写っておったからの。一旦撤退し、改めて標的を確認しておったのだろう」

そしておそらく、仕掛けてきた。――そう言って、彼女は相楽さんを指さす。

「え、え？　俺が、どうかしたんですか」

「……リュウ坊。この女に見覚えはないかの」

サクヤさんがどこからともなく一枚の写真を取り出す。そして、それを相楽さんに見せた。

困惑していた相楽さんだったが、しかし彼は写真を見て、「ああっ」と声を上げる。

「この女《ひと》です！　俺に呪いの話を伝えたの」

「えっ」

「見せろ、リュウ！」

瀬戸内さんが相楽さんの手から写真を奪い、目を見開くのがわかった。わたしも横から覗き込み、息を呑む。

――その写真は、かつて瀬戸内さんがわたしに見せた、谷塚美萩の写真だった。

「あやかしは夜に棲む。今の時代、夜は光に照らされ、奴らを恐れる人間も少なくなった。物の怪どもは、力を失っておる。しかしかつての力を失おうとも、未だ力を残し、最盛期のそれを取り戻さんと活動するものもいる。そのために力あるものを喰らおうとする。おそらく奴はその類だろう」

「それで、わたしがその『餌』、ですか」

谷塚美萩の正体は、おそらく、遥か昔から生きている――物の怪の類。

だからこそ無謀に挑むな、と、サクヤさんはそう言うのだ。わざわざ仕掛けてきたということは、今度こそ、わたしを喰らうための勝算があるということになる。

「おそらく奴は、おぬしの半妖としての力が半端なものだと気づいておる。だから今、仕掛けてきたのだろう。たとえ隔世に渡れたとて、呪いを叩く方法も考えずに無策で挑めば、結局は取り込まれて終わりぞ。ここは夜まで皆で策を練った方が——」

「いいえ」

言葉を遮ったわたしに、サクヤさんが眉を寄せる。

夜まで待とうが、今踏み込もうが、もはや呪いに囚われているのだ。どれだけ谷塚美萩の正体が恐ろしいものでも、危険度は変わりないだろう。

「策は、あります」

ずっと、考えていた。

『怪夢』を終わらせるには……悪意を、呪いを、終わらせるにはどうすればいいのか。

「わたしは『怪夢』を壊します。だからどうか協力してください、サクヤさん」

## 6

赤い夕陽の、赤い光で目が覚めた。

目が覚めた、というのはある意味正確ではないかもしれない。ここは夢の世界であって、夢の世界ではない場所だから。

……どうやらきちんと、『怪夢』の舞台に辿り着くことができたらしい。

界渡りの水晶を握りしめて、即効性の睡眠薬を飲んで眠り、隔世に自ら踏み入った——

おそらく、瀬戸内さんたちもこちらに来ているだろう。

わたしは昨日と同じ教室にいた。スピーカーからは、相変わらず耳障りな『夕焼け小焼け』と『赤とんぼ』と『七つの子』がぶつぶつと途切れながら流れている。

「まだスピーカー、鳴らないな」

昨日の夜のように、目覚めてすぐにあそぼう、と言ってくるかもしれないと思ったのだが。

もしかしたら、こちらから出向いたせいで若干のズレが生じているのかもしれない。わたしは呼吸を整え、警戒を滲ませつつ、教室の外に出た。

廊下もまた薄汚れ、壁の塗装は剝げていた。

窓の外は相変わらず赤い夕焼けばかりだ。真紅の空に、赤い雲。禍々しい夕陽。

窓を開けようとするが、びくともしない。割ることもかなわなそうだ。

「今のうちに、早く二人と合流しなきゃ」

相楽さんが居眠りで睡眠時間を確保できていたことを考えると、わたしたちが『ここに招かれる』のは夜、そしておそらく決まった時間だ。それがこの呪い、『怪夢』のルール。

同じ空間に同じ時間――呪いにかかっている人間は皆、同じこの校舎の中で、それぞれ『鬼』から逃げ回っているはず。

「あ」

刹那――ジ、と。

スピーカーがノイズを発し、流れていた童謡がぷつりと止まった。否応なしに昨晩のことを思い出し、背筋を怖気が駆け上る。

——来た。

『あ　ソ　ボ　う』


耳に、その声が届いた瞬間、わたしは床を蹴って走り出していた。

今まで、鬼はどこにもいなかったはずだ。いなかったはずなのに、突然後ろに現れた。

怪異に理屈は通じない。

『あハあハハハアはアはアは』

耳障りな笑い声。聞くなと自分に言い聞かせ、腕を振って全力疾走する。

『おイで　なニモ　コわク　なィから』

「怖いよっ」

後ろから聞こえてくる声に涙声で反論しながら、走る。そして走りつつ、頭も回す。

きっと、あの化け物は、わたしたちを追い立て、追い詰め、喰らうことを楽しんでいる。

ただただ、純粋に。なるほど悪意の詰まった『隔世』だ。

「近澤さん、こっち！」

「相楽さん」

前方に見知った姿、そして声。再会した相楽さんに腕を引っ張られ、彼の走ってきた方向へと校内をがむしゃらに走る。

やはり、同じ空間、同じ時間にこの『隔世』に飛ばされてきていたのだ。

「相楽さんの方の『鬼』はっ？」

「撒いた！　もう七回目だから校内の造りは大体把握してるんだ。さあ前見ろ転ぶぞっ」

振り返らずに走り、あの化け物の気配が感じられなくなったところで、手近な教室に飛び込む。はあはあと荒い息をつきながら、わたしたちはその場に座り込んだ。

「やっぱり、最初に合流できたのは相楽さんでしたね」

「そりゃ、そうだろ。俺のガバガバ霊感でも、近澤さんの気配なら捜せばわかる」

「禍々しい気配ですみません……」

さて次の問題は、瀬戸内さんとどう合流するかだ。相楽さんの霊感では、わたしの居場所を探れても、瀬戸内さんの居場所はわからない。瀬戸内さんは霊感を持っていないし、わたしたちがどこにいるかもわからない。

……わたしの『策』は、まず瀬戸内さんと合流しなければ始まらない。

どうにかして見つけ出さなければ。

「近澤さん」

不意に低い声で呼びかけられ、何、と返事をしようとすると、手で口を塞がれた。

目を丸くすると同時、「来てる」と再び低い声がする。振り返れば、相楽さんは真っ青な顔をしていた。

……撒いたと思ったのに、もうすぐそこまで。

「たぶん、近澤さんを追ってた『鬼』だと思う」

「どうしましょう。わたしを追ってた鬼なら、わたしが引き付ければ……」

「いや、今出てくのはだめだ。待ち伏せされてる」

「じゃあ、扉から鬼が入ってくるのを待って、もう一方の扉から飛び出すしかないですね」

わたしが言うと、相楽さんは眉を顰め、それから目を閉じた。そしてややあってから、

「向こうだ」と、黒板の近くの扉を指さす。

わたしは頷き、そっともう一方の扉——教室後方の扉の方へ移動すべく立ち上がる。

そして、一歩目を踏み出そうとした瞬間。

『あハは』

不気味な声と共に、扉が開いた。

「走れ!」

弾かれたように相楽さんが叫ぶ。わたしはその声に打たれて床を蹴った。

転がるように教室後方の扉へと向かい、扉の取っ手を掴んで開け放つ。

「うわあああ!」

「相楽さんっ」

早くこっちへ、と言おうとして振り返ると、相楽さんが尻餅をついて悲鳴を上げていた。

座り込んだ彼の足を摑んでいるのは、『鬼』の、団子のような歪《いびつ》な体から生えた腕。

ぐわ、と、鬼が笑う。『まケ』とそう言って、それから口を開けて――。

「放せっ！」

無我夢中でスカートのポケットに入っていた何かを、鬼に向かって投げつける。緩やかな放物線を描いて鬼にぶつかったそれは、ぽん、ぽん、と何度か床ではねて落ちた。

クマのぬいぐるみ。

わたしをこの『隔世《せ》調査委員会《かい》』に引きずり込んだ、かつての呪物。

『ア』

鬼の目が、一瞬ぬいぐるみに向いた。

そして、相楽さんの足を摑む腕の力が弱くなるのがわかった。

「相楽さんっ」

今しかない。

叫ぶと、相楽さんもそう判断したのか、思いっきり足を振って鬼の腕を払う。そして、わたしが開け放った教室後方の扉から廊下に転がり出た。

わたしも振り返らずに廊下に出て、扉を閉める。そのまま、二人で一目散に駆け出した。

「ッはー、は、助かった、それにしてもアレなんだよあのクマっ」

「呪いのクマです。もう呪いは消えましたが、ずっとわたしが持っていて、もともとわたしの髪を使った呪物だから、わたしの身代わりとして働いたのかも？」

「理屈はわからんけどとにかく助かった！　とにかく詩矢捜すぞっ」

「はいっ」

　頷き、再び前を見て足を動かす。

　後ろに『鬼』の気配はない。まだ追いついてきていないのだ。

「ていうか、その前に詩矢の居場所にアタリはついてるのか、近澤さん」

「確信はありませんが、おそらくわたしがいた場所からはできるだけ離れている場所にいるのではないかと」

「……根拠は？」

「『怪夢』の呪いにかかった人間は、同じ時間同じ空間に飛ばされるのがルール。でも瀬戸内さんも相楽さんも、鬼から逃げてる間、誰にも会ったことないんでしょう」

　だとすれば、被害者たちはあらかじめ、なるたけ離れた場所に飛ばされていたと考えるのが自然だ。相楽さんの場合は彼以外に同時に呪いをかけられた人がいなかっただけの可能性はあるが、少なくとも瀬戸内さんが呪いにかかった時は、町の人々が飛ばされて同じ空間にいたはず。しかし瀬戸内さんは夢の中で誰かに会ったとは言っていなかった。

「なるほどな――うっ」

「どうしましたか」

「二体」引き攣った声で相楽さんが言った。「追いついてきてる。振り返らずに走るぞ。体力、大丈夫か？」

「大丈夫です！」

叫ぶように言って、わたしたちは弾かれたように走り出した。

二体の化け物を引き連れ、ひたすら足を回す。息は切れるし肺も痛くなるが、止まれない。

『ケキャ、ケキャ、ケキャ、ケキャ』

『アハあはアハははァはァハ』

窓の外に見える夕焼けは、相変わらず禍々しいほどに赤い。

歯を食いしばって、階段をかけ上る。足を少しでも止めれば追いつかれる。息が苦しい。

目に映るのは紅の空。そして、西に傾いた太陽。

ああ、なんておぞましい世界だろう。

「朝陽っ！」

そして、ようやく四階に辿り着いた、その時。

廊下の向こう、その端から、大きくこちらを呼ぶ声がした。

明るい茶髪、整った顔立ち。そして彼のまた後ろに見える、もう一体の『鬼』——。

「瀬戸内さん！」

わたしが叫ぶと同時、彼は階段をかけ上がり、閉鎖されているらしい屋上の前に置かれた机を二つほど引きずると、歪に生えた脚や手を使って階段を上ってくる異形《いぎょう》目掛けて階上から投げつけた。

がんがらがっしゃん——轟音を立てて転がり落ちる机を正面から受けた二体の鬼が、踊り場まで落下していく。

「こっちだ！」

「はいっ」

怪物たちの横をすり抜け、再び四階に降りてきた瀬戸内さんが誘導し、そして相楽さんも、階段を離れて走り出す。

二体の鬼が、相楽さんの背中に追い縋る。

「リュウ！」

瀬戸内さんが叫び、相楽さんの手首を摑み、思いきり自分の方へ引く。バランスを崩した相楽さんが瀬戸内さんの方にのしかかり、二人で机や椅子を薙ぎ倒しながら転がる。

わたしは彼に伸ばされる鬼の手を阻むように、勢いよく扉を閉めた。そして、教室前方と後方、どちらの扉にも鍵をかける。

「助かった」

と呟いた途端、ドン、と身体ごと扉にぶつかったような鈍い音がした。

鬼が扉に体当たりをしているのだろう。音はドン、ドン、ドンと、徐々に強くなっていく。

「詩矢、これじゃ、せいぜい数分しかもたないぞ」

額の汗を拭った相楽さんが、難しい顔で瀬戸内さんを見る。

瀬戸内さんは、知ってるよ、と静かに言った。「数分で十分だ。……だろ、朝陽」

「ええ」

ドンドンドンドンと扉に体当たりする音が響き渡る中でも、瀬戸内さんの声は真っ直ぐ耳に届いた。

わたしが瀬戸内さんの前に立つと、彼はわたしに手を差し出した。

赤い夕日が、瀬戸内さんの少し困ったような顔を照らしている。

この景色を昔、どこかで見たことがある。そう思った。

「俺はこの、『怪夢』のせいで朝陽から力を奪った。だから、ここで。他ならないこの隔世の中で――」

……ああ。ああ、そうだ。

今、はっきりと思い出した。

わたしはやはり、子どもの頃に一度、瀬戸内さんに会ったことがある。

……禍々しい赤い夕焼けの下、帰りたくないと泣いている、小さな男の子がいた。

夜、眠るのが怖いと少年は言った。お化けに襲われてしまうから。

なら、とわたしは彼に言ったのだ。今目の前にいる瀬戸内さんのように、泣きながら蹲る男の子に手を差し出して。

『まもってあげるよ。わたしの力を、かしてあげる』

「返すよ」

あの時と同じ赤い夕焼けの下で、瀬戸内さんが笑う。今まで見たことがないくらい、柔らかい笑みだった。「守ってくれて、ありがとう。朝陽」

手が重なる。

途端に声が聞こえた。

『よし、よくやった』

刹那、熱い何かが、身体の中に入り込んできた——否。戻ってきたのがわかった。サクヤさんの手を介し、わたしに力が返されたのだ。

「……あ、」

身体の中を駆け巡る熱が鎮まった瞬間、わたしの口から意味もなく吐息が漏れた。

興奮。高揚感。万能感。駆け巡る感情の奔流が、笑い声として口から漏れ出てしまいそうなのを必死で抑える。信じられないほど、身体が軽い。初めて斜陽の血を実感した、あの時よりも遥かに。

ああ、今なら——なんでもできそうな気分だ。

『さあ、朝陽。二つに分けていた力を元に戻したぞ』

サクヤさんの声が、どこからともなく聞こえる。それは隔世の外から聞こえたのかもしれないし、ただの幻聴かもしれない。

しかしわたしには、はっきり聞こえた。

『――斜陽の血に、負けるなよ。朝陽』

そして、同時に。

限界だ！　と叫んだ相楽さんが、大きく後ろに飛び退った。

刹那、ドォン、ドォンと轟音が響き、扉がバリケードにしていた机と椅子ごと吹き飛んだ。

『アハあハあハアハアアハアはぁハ』

『ケキャ　ケキャ　ケキャ』

『ひぃはなかだらはしなたまなかさのゆはたまら』

現れたのは、三体の、鬼。――わたしと、瀬戸内さんと、相楽さんを追っていた『怪夢』の呪い。呪術師の尖兵《せんぺい》。それがそれぞれの最初の獲物を追って、集まってきたのだ。

それでいい。計画通りだ。

はじめから、わたしの策はこれだった――隔世の中で合流し、斜陽の力を統合し、それぞれが引き付けてきた鬼を全部まとめてその力で倒す。

どうやったって勝てない鬼ごっこでどうしても勝ちたいなら、鬼を殺してしまえばいい。

この作戦を考え付いた時は、いちかばちかのつもりだった。

けれど、力があるべきところに戻った今、この化け物に対する恐怖は微塵《みじん》もない。

何より。

「うるさいな」

——格下相手に、何を怖がる必要がある？

わたしは一瞬にして鬼のうちの一体に迫り、伸ばした人差し指で、その継ぎ接ぎされたような肌に触れた。

『ァは』

ぎょろぎょろと、歪な身体の隙間から覗いた目と、わたしの視線が合う。

——力の使い方は本能が知っていた。誰に教わらずともわかる。

塩なんていらない。札なんていらない。桃も何も、いらない。この力の預け先の彼が使っていたというあれはただ、力をうまく発動するための触媒に過ぎない。彼は力の本来の持ち主ではないから、媒介する何かが必要だっただけのこと。

「消えろ」

ぱん、と——何かが弾けるような音がして、目の前にいた一体の化け物が消える。

「ははっ」

なんだか、ひどく愉快だった。あれほど恐ろしく見えていた化け物が、こんなに簡単に倒せてしまうなんて。

わたしは残りの二体の鬼を見遣ると、右手と左手でそれぞれその身体に触れた。

瞬間——ぱん。ぱん。

立て続けに二つの破裂音がして、その場にいた鬼が、跡形もなく消える。

「……嘘だろ……」

そう呟いたのは、瀬戸内さんだったか、相楽さんだったか。

――まあ、どうでもいいか、そんなこと。

息をつき、静かになった教室を見回す。

もう鬼はここにはいない。わたしたちにかかっていた呪いは解け、『怪夢』はルールごと破壊した。鬼ごっこの鬼は消え、わたしたちを追い詰めるものは現状もう、ない。

(終わり、なのか)

敵を屠《ほふ》るのは楽しかった。手応えはなかったが、初めての狩りだった。

もっと、もっと戦いが、敵がほしいと本能が叫ぶのに、もう終わってしまったのか。

わたしはくるりと後ろを振り返った。背後に庇《かば》っていた、否、最早気にしてすらいなかった、二つの人間の気配。

「おい、詩矢！　これ、どうなってるんだよっ。近澤さんは……なあ、詩矢！」

「朝陽」

誰かを傷つけるのが怖かった。誰かを不幸にするのを嫌悪した。

でもわたしはどうせ生まれながらに、争いを好んだ大妖怪の混ざりもの。

なら、もう、いいじゃないか。そうなってしまえば楽になれる。

それに――何よりもっと、血がほしい。

赤い夕焼けの中。息を呑んで硬直した彼らと、目が合う。

視界が真っ赤になったまま地面を蹴って、爪がのびた腕を振り上げる。

「ひ……っ」

「危ない！」

わたしの爪が彼らを纏めて切り裂こうとした瞬間、悲鳴を上げようとした方を、もう一方が抱きかかえるようにして転がった。二人とも、爪の軌道を避けて無傷だ。

ああ、瀬戸内さんが助けたのか。余計なことをしてくれる。

「落ち着け朝陽。しっかりするんだ」

とはいえさすがの運動神経だ。力をわたしに返してただの人になったとしても、今まで隔世に棲みつくものたちを多く相手にしてきただけある。

彼なら。わたしを愉《たの》しませてくれるかもしれない。

「あは」

なんでもいい。わたしはただ、剛《つよ》い相手の、血が見たい。

そう思い、再度彼に向かって飛びかかろうとして、

「朝陽！」

刹那。叫び声に一瞬怯み、何かに足を摑まれる。

つんのめった瞬間、こちらに何かが投げつけられた。数珠だ。数珠が巻き付いた腕が、麻痺し、うまく動かせなくなる。

ハッと息を吞むと、『力の預け先の男』……否、瀬戸内さんが、すぐ目の前まで来てい

た。

　そしてこちらに向かって彼の腕が伸ばされ、

「正気に戻れ！」

　彼はわたしの頭を抱えるようにして、わたしを彼自身に引き寄せた。

視界が、彼の胸によって暗くなる。

「しっかりしろって言ってんだよ、聞けっ！」

　それは抱き締められているというよりは、興奮した獣《わたし》の視界を塞ぐことで、落ち着きを促されているようだった。

　それでも、あたたかい。清酒の香りとともに、興奮が、高揚が、少しずつ引いていく。

　……同時に、今、自分がしようとしていたことを思い出し、一気に血の気が引いた。

「せと、うちさん」

「朝陽！　よかった、正気に戻ったな。大丈夫、帰ろう。もう鬼はいないから」

「――だめです！　離してください」

「はあっ？」

　わたしはまた、瀬戸内さんを傷つけるところだった。

　いや、違う。サクヤさんにも忠告されたのに、またも血に呑まれ、あろうことか瀬戸内さんと相楽さんを明確に殺そうとしてしまった。一度ならず二度までも。

　けじめをつけようと思った。もう二度と自分のせいで傷つけられる人が出ないよう。

だったらもう、わたし自身にもけじめをつけるべきなんじゃないのか。

「ここに、ずっといれば。わたしはもう誰も傷つけずに済む」

隔世調査委員会は、中学以来、初めてできた居場所だった。

だが、わたしはそれを自ら壊してしまうかもしれない。自分の手で仲間を殺してしまうかもしれない。

わたしはもう、戻れない。それだけは絶対に御免だ。

が。

「馬鹿言うな」

身体が離れたかと思えば、瀬戸内さんがわたしの肩を強く摑んだ。

至近距離で、目が合う。異様に澄んだ綺麗な目だった。

「自棄になるなよ。ここまで来て、怖くなったから投げ出すのか」

「そうじゃない」

「そうだろ。誰かを助けられる存在になるんじゃなかったのか。少なくとも朝陽は松戸さんや、友美ちゃんや、女性たちや……俺たちのことだって救った。それは事実だ」

「！」

もう鬼はいないんだ、と彼は言う。

俺たちの命は助かったんだと。

「暴走？　上等だよ。朝陽が困ったなら俺が止めればいいだけの話だろ」

「瀬戸内さん」

「だって朝陽は、俺の恩人で——大切な後輩なんだから」

わたしは呆然として瀬戸内さんを見た。

彼は、今まで見たことがないほど、優しく微笑んでいた。

「それに、この子たちだって、朝陽が自棄になることなんて望んでないよ」

そう言い、彼はわたしの周りを指さす。

思わず息を呑んだ。——床から、駅で見たような黒い腕がゆらゆら揺れている。

そういえば、正気を失っていた時、足を摑まれた感覚があった。

——死者の腕。この手がわたしを止めたのか。

「そっか……」

無意識のうちに、半開きになっていた口から声が零れ落ちた。

「ここ、だったんだね」

Z－253地点。報告書に記された、手記が遺されていた場所。

囚われた三人が、わたしの友人たちが、わたしの道連れとして連れて来られた場所。

そうだ、最初から、皆はわたしを守ってくれていた。一回目の鬼ごっこの時、鬼を止めてくれたように、『隔世』の中で、彼らはわたしを見守っていてくれた。

ぼろ、と涙が零れる。

「ごめん。咲綾ちゃん、田中くん、水橋くん」

間に合わなかった。

助けようにも、彼らはとうに、この隔世に取り込まれてしまっていた。

それなのに、彼らはわたしを守り、そしてわたしを止めてくれた。

三人がこんな目に遭った遠因は、わたしにあるというのに。

【いいよ】

柔らかに聞こえてきた声に、わたしははっと顔を上げる。

壁から、床から、生えるように揺れていた腕が、ノイズが走ったようにぶれた。

それはほんの一瞬のことだったが——中学時代の制服を着た、友人たちがそこに立っていた。

瞬きの間に消えてしまった彼らは、しかし、確かに優しく微笑んでいた。

【——あおいがぶじでよかった】

「っあ、」

再び涙が零れた。わたしは、流れる涙もそのままに、その場に座り込んだ。

「ありがとう……っ」

黒い腕が、応えるように手を振った。

そして、それらはさらさらと音を立てて消えていく。否、消えたのではなく、ここからいなくなっただけかもしれない。

——鬼は消え、呪いも消え、わたしたち三人だけになったがらんどうの教室。

赤い夕焼けだけが、禍々しいまま変わらない。

「……帰ろうか」

瀬戸内さんが言って、スラックスのポケットから、界渡りの水晶を取り出した。相楽さんも頷き、取り出した水晶を手に持つ。

――そうだ。もう、怪夢は終わった。

わたしも瀬戸内さんも相楽さんも、もうここで殺されることはない。

「はい。帰りましょう」

頷いて、水晶玉を割る。

そして、急激に視界が真っ暗になって……何も聞こえない。

# 終章

「改めまして、その節は大変申し訳ございませんでした」

「ハハハ。まあ正直死ぬかもとは思ったね」

「うあ……」

駅前の、少しだけお高めのファミレス。……深々と頭を下げるわたしを前に、瀬戸内さんがぽいっとポテトを口に放り込んだ。

もちろん、先日のお詫びであるためわたしの奢りである。


──『怪夢』の隔世から帰った後、わたしたちは何事もなかったかのように平穏な日常に戻った。

瀬戸内さんによれば、あの赤い夕焼けの隔世はサクヤさんをはじめとする委員会上層部によって厳重に封印され、呪いの伝播を防ぐため、委員ですら出入りを許されない禁足地《きんそくち》に指定されたらしい。

「リュウは誘わなかったの？」

「一応声は掛けたんですが、全力で避けられてて……さらに苦手になられたみたいで」

「まー一歩間違えばたぶん殺されてたもんなあ、俺たち」

「はい……すみません……」

隔世内で、わたしはおかしくなっていた。

あのまま、衝動に任せていたら瀬戸内さんと相楽さんを本当に手にかけていただろう。

だからこそ怖がらせたお詫びとして、丁寧に謝罪した上で何かできないかと二人に聞いたのだ。けれど、瀬戸内さんが「メシ奢ってよ」とケロリと言ったのに対して、相楽さんは真顔で「いや結構です」と即答した。敬語だった。心の距離が遠い。

「嫌ってるわけじゃないって言ってたよ。怖いんだって、ただただ」

「傷つく資格はないってわかってますけど傷つきますね……」

あはは、と笑った瀬戸内さんが「気にしなきゃいいのに」と軽く言う。あいにくわたしはそこまで面の皮が厚くはない。

わたしは肩を落とし、話題を変えることにした。

「そういえば、怪夢の呪いを作った……谷塚美萩。結局、捕まえられていないんですよね」

ああ、と瀬戸内さんがまたポテトを口に放り込んで咀嚼する。「力を失っているはずとはいえ、さすがは大妖怪。逃げられたらしいな」

「大妖怪、って、わかったんですか。『おそらく』という話でしたよね」

「まだ『おそらく』だよ。ただささ、よく考えたら名前が、まさしくって感じじゃん？」

瀬戸内さんが、馬鹿にされてるよね、と零して苦く笑う。

「名前が、まさしく……？」

谷塚美萩。たにづかみはぎ。たにつか……やつかみはぎ。やつかの――、
そこでひらめき、わたしは「あっ」と声を漏らした。

「気づいた？　ちゃんと勉強してるんだね、朝陽」

「ええ……」

わたしは半ば呆然としたまま、頷く。

――やつかのはぎ、つまり、八束脛《やつかはぎ》。

それは古代日本において大和朝廷に恭順《きょうじゅん》しなかった土豪《どごう》たちを示す名称であると同時に、近世以降は蜘蛛の姿をした妖怪――土蜘蛛を指す名でもある。

確かに、それが本当なら、長らく生きてきた大妖怪だろう。

言葉遊びのような偽名を名乗り、悠々と人間の振りをして委員会から逃げ続けていたということか。……それは確かに、馬鹿にされている。

「とはいえ、今回も向こうは餌を逃がしたかたちだから、痛み分けかもな」

「そうでしょうか。それなら、まあ、少しは意趣返しができたと思っておきます」

蜘蛛は巣を張り、餌を待つ。

彼女が張った巣は、『ひとりかくれんぼ』であり、『怪夢』だったのだろう。そして餌がかからないと見たら、姿を消した。

確かに蜘蛛らしい狩りの手法だったと言えるかもしれない。逃げられてよかった。

「これでやってくれたなってさらに怒って、また執拗に狙ってくるだろうけどな」

「やめてくださいよ……」

せっかく、ちょっとは意趣返しできたかなと思ったところだったのに。また『餌』として追い回されるかもしれないことを思い出させるなんてあんまりだ。

わたしが肩を落とすと、ふと瀬戸内さんが笑みを消し、わたしを見た。「――だからさ、本当によかったの？」

「え？」

「俺に力、返しちゃって」

瀬戸内さんは眉を寄せて複雑そうな表情だった。

わたしは苦笑し、ゆっくりと頷く。

「ええ。いいんです」

――そう。怪夢から帰ってきた時に、わたしは決めた。

サクヤさんにもう一度、わたしの力を分けてもらい、今度こそ『祓う力』を、瀬戸内さんにあげようって。

だから今はすっかり、彼の力は元通りに、わたしの力も半分になっている。

「瀬戸内さんって、その力がなかったら、『愛し子』としてそこら中にいる霊やら悪霊やらがついてくるんでしょう。それは困るでしょうし、何より暴走の可能性があるわたしより、力を活かせる人が使ってほしいんです」

「でも、朝陽だって狙われてるわけだろ」

「暴走しちゃって瀬戸内さんを傷つけたら嫌ですから」

「……そ」

わたしの言葉に、瀬戸内さんがどこか拗ねたような、複雑そうな顔でそっぽを向く。いつも飄々としている彼にしては珍しい態度だ、と思いながらわたしは改めて聞いてみる。

「瀬戸内さんは、これからどうするんですか。もう力は返さなくていいし、『怪夢』は終わった。もう、危ない目に遭ってまで委員会に所属する必要はないんじゃ」

「……何言ってんの?」

「えっ」

「俺の目標は二つだってば。一つは『あの子』に会って力を返すこと。もう一つは、大妖怪・斜陽に会うこと」

「あ……」

そういえば、そうだった。すっかり忘れていた。会ってみたいヒトがいるという話をしていた気がする。

斜陽。それは瀬戸内さんが捜していた『あの子』——つまりわたしと、そして彼の力の根源となった、大妖怪だ。そしてわたしの母を愛していたはずなのにそのまま姿を消した、わたしの実父。わたしの唯一の、肉親。

「でも、朝陽は気にならないの？　自分の父親だろ」

「そうか？　斜陽はお母さんを捨てて蒸発した……」

「そうか？　妖怪が人間を愛するなんて、妖怪がまだそこらで暴れてた戦国時代ですらなかったと思うぜ。それなのに斜陽は朝陽のお母さんを愛して、子供まで作った。絶対、簡単な気持ちじゃなかったと思う。……それなのに、どうして姿を消したのか。気にならない？」

「それは……」

言い返す言葉もなく、押し黙る。

寿命が違う。力が違う。立場が違う。存在としての格が違う。

確かに母と斜陽の間には、筆舌に尽くしがたいほどの障害があったはずだ。その上で結ばれることが、どれだけ大変だったのか、想像するに余りある。

母はわたしを愛してくれていた。

愛していない男との子を、あんなに必死に大切にしてくれるものだろうか。斜陽と対になるような、『朝陽』という名を子につけるだろうか。

母はきっと、斜陽を、自分を捨てて消えた男を、ずっと愛していたのだ。

「……気に、なります」

気になるに決まっている。

どうしてわたしを、母を捨てたのか。どうして今まで放置していたのか。

何か、のっぴきならない事情があったのかもしれない。そうでなかったのかもしれない。

だから話をしたい。会って文句を言いたい。

「わたしもお父さんに会いたいです。だから——斜陽捜し、わたしも一緒にしてもいいですか」

そう言うと。

瀬戸内さんはぱちりと目を瞬かせ、それから「詩矢」とだけ言った。

「え?」

「名前で呼んでよ。俺は『朝陽』なのに、そっちが『瀬戸内さん』じゃ距離があるでしょ」

「ええ……いや、それはちょっと。人目もありますし。瀬戸内さん女子社員に人気なんですから、わたしが目の敵《かたき》にされます」

「今さら人の目とか気にする? いいだろ好きなように言わせとけば」

あっけらかんと言う瀬戸内さん。他人事だと思って、勝手なことである。

わたしは眉間をつまんでため息をつく。

「じゃあ彼女だったら名前で呼んでいいの? なら付き合ってることにしよっか? 俺は

それでもいいよ。周りが気になるならそういう設定にしたほうが、都合もよさそう」

「うわ」なんて恐ろしいことを思いつくのだこの人は。「絶対嫌です」

「絶対嫌って、ひどいなあ。じゃ選んで、名前で呼ぶか、彼女ってことにされるか」

「理不尽がすぎる……」

「あ～！」わざとらしく瀬戸内さんが声を上げた。「かわいい後輩に殺されかけたっていう心の傷が痛むな～！」

「ひ、卑怯ですよそれは」

そう言われてしまえば、大きな負い目があるこちらに拒否権などあるはずがない。

わたしは肩を落とし、「わかりましたよ」と言う。

「改めて、これからよろしくお願いします、……詩矢さん」

「……んー、まあ今はそれでいっか。よろしくね、朝陽」

瀬戸内さんが――いや、詩矢さんが手を差し出す。

わたしは苦笑をこぼすと、差し出された手を、ぎゅっと握った。

本書は、書き下ろしです。
またフィクションであり、実在の人物とは関係ありません。

# かくりよ調査委員会《ちようさいいんかい》
## 神隠《かみかく》しの罠《わな》
日部星花《ひべせいか》


2025年3月5日初版発行

発行者……………加藤裕樹
発行所……………株式会社ポプラ社
〒141-8210 東京都品川区西五反田3-5-8
JR目黒MARCビル12階

フォーマットデザイン 荻窪裕司(design clopper)
組版・校閲 株式会社鷗来堂
印刷・製本 中央精版印刷株式会社





ポプラ文庫ピュアフル

ホームページ www.poplar.co.jp



N.D.C.913/286p/15cm
ISBN978-4-591-18562-9
P8111398